ブギーポップ・ビューティフル

パニックキュート帝王学

死神は美の怨敵なり、
調和を滅ぼす者なり――

上遠野浩平
Kouhei Kadono

イラスト●緒方
Kouji Ogata

BOOGIEPOP BEAUTIFUL
"THE KINGCRAFT OF PANIC-CUTE

末真和子

パニックキュート&マロウボーン
いない存在をいるといい
疑わしい前提を仮定して
薄い可能性を根拠にして
適当な風貌を真実と扱い
消えた帝王を再び戻せと
その不条理に巻き込まれ
又も彼女は難題に対峙す

ポリモーグ
そこそこでやってりゃいいのに
なんか変に真面目ぶった顔して
やたら深刻ぶって大仰にしても
でも、そんなあんたらだってさ
博士が本気になったら、きっと
そんな苦労はぜんぶ無意味だよ
なら適当に流しとこうよ、今は
カレイドスコープ

ファータル・クレセント

ブギーポップ

BOOGIEPOP
死神がやってくる
口笛を吹きながら
世界の敵を殺しに
他の全てを無視し
闇の中から現れて
何処までも迫って
悟ったときは遅く
後は記憶も残らず

困っていても、
なんとかなるよって、
あんたが言うと
妙な説得力あるよね――

Design:Yoshihiko Kamabe

『美しさは常に恐怖と表裏一体である。
ただしその恐ろしさが美を上回ったとき、
すべての調和は崩れ去り、後には無残な抜け殻だけが残る。
それはもはや醜悪ですらなく、ただただ無意味な空回りでしかない』

――――霧間誠一〈完璧な不条理〉

パニックキュートは例の甲高い声で彼に言う。

「だからさ、結局のところ、誰も真《しん》に欲しいものを手に入れられないってわけさ。それが人生ってものだよ」

「そうかい、ずいぶんと厳しいんだな」

「それは逆だよ、マロゥボーン」

「というと？」

「欲しいものが手に入らないのは、幸せなことなのさ。人間はすぐに飽きる生き物だ。死ぬほど欲しかったものでも、結局いつかは捨てる」

「なるほどね」

「だから世界は、捨てられたもので溢《あふ》れかえっている。誰かが〝いらないや〟って放り出したものを、別の誰かが拾う。でもそれは結局いらないものなので、やっぱり捨てられる。するとまた別の人間が拾って——そうやって世界は回ってきたし、文明はそうやって拡大してきた。

人間が叶《かな》えたい夢だと思っているものは、大半が別の誰かの捨てたゴミ、飽きられたオモチャの廃品回収なんだよ。だから——文明は後の時代になればなるほど、文化が発展すればするほど、不満がたまっていく。こんなはずじゃないって思う人間が増えていく。そりゃそうだ、彼らには自分自身の夢ってモノがないんだから。全部過去からの拾い物で、己で生み出した物なんか何もない」

「難しいな。どうすればいいんだ？」

「どうしようもないね、これに関しては。だけど不満が増えていくことに対して、対処する方法ならある。それはつまり、人類の管理方法、世界支配のやり方ということでもあるね」

「あんたがやっていることだな、パニックキュート」

「そうだね、まあ僕は自分で支配している訳じゃなくて、そういう面倒なことはオキシジェンに任せているわけだけど。その手伝いとして、僕は〝恐怖と魅惑〟を振りまいているわけだ。君に手伝ってもらってね、マロゥボーン」

「俺には繊細な計算などできないからな。あんたの言うとおりにやるだけだよ」

「それなら、また新しい仕事を頼みたいんだけど、いいかな？」

「もちろん」

「ありがとう。いや、今回は少しいつもとは様子が違っていて、確実に成果があるかと言われると、はなはだ心許《こころもと》ないんだけどね」

「ほう？　どういうことだ？」

「まあ、元情報自体が不鮮明だからね。あくまでも根拠の希薄な噂話《うわさばなし》で、その実在さえも疑わしいというものなんだ」

「しかし、噂《うわさ》があるなら、どこかに必ず元凶がいるはずだろう。それを狙えばいいだけじゃないのか」

「君ならそう言うだろうと思ったよ。しかしそれにしても、今回は曖昧な話なんだよね」

「どんな感じなんだ？」

「それが〝死神〟なんだよ」

「ん？　殺し屋か？」

「いや、違う。文字通りの、人の運命を断ち切ってあの世に導く、そういう死神だよ。なんでもある地域の女子学生たちの間で広まっている噂だという――」


〝その人が人生の中で、もっとも美しいときに、それ以上醜くなる前に殺してくれる〟


「――そういう話だよ。もちろん単なる根も葉もない都市伝説である可能性は高いんだけど」

「おまえには、そこに何かあるような気がするんだな？」

「そうだね」

「なら、俺にはそれで充分だ。それに——確かに引っかかる。なんかその言い草、いつもおまえが言っている例の言葉に似ているんじゃないのか。あの——」

〝世界には、あるべき美しい姿がある。それから外れたものは、醜く腐り落ちる前に排除しなければならない〟

「——という。それがおまえの方針だろう、パニックキュート」

「そうだね、だから必ずしも、統和機構《とうわきこう》と一致しているわけでもないんだよね。彼らは人類を現在の姿で保護するのが目的で、美しくあらねば、とは思っていないから」

「正直、俺にはあんたの言う〝美しい〟っていうのは今ひとつわからないが……それでもあんたについていくだけだよ。その〝死神〟とやらと戦えというなら、そうするまでだ」

「うーん、その必要があるかどうか、まずはそこから見極めないといけないんだよね。なにしろ漠然としているから」

「どこまで判明しているんだ、その噂とやらでは」

「そうだね、せいぜい名前くらいだ。ブギーポップ……」

「変な名前だな。何を表しているのか、さっぱりわからん」

「でも、奇妙な詩的さを感じるよね——もしかすると、ブギーポップの美しさは、僕とは違う形で、それはそれで成立しているのかも知れない――」

「なら、ますます潰さないとな。世界一美しいのは、あんたの意思だけで充分だろう」

「どうかな――僕らが得意とする〝恐怖〟の戦術が相手に効くかどうか、その辺から既に怪しいんだよね――まあ、それ以前にブギーポップの方こそ、僕のことを〝敵〟として襲いかかってくるかも知れないんだけどね――」

ブギーポップ・ビューティフル

パニックキュート帝王学

BOOGIEPOP BEAUTIFUL

"THE KINGCRAFT OF PANIC-CUTE"

Panel

1

― 偶然の美 ―

『死神はまず人々の間に噂となって現れる。
彼らの心の中で形になったとき、
はじめてその存在は実体化するという』

――ブギーポップの伝説より

その男が街に降り立ったところで、

「あ、少し嫌な感触があるよ」

と言われた。

「ほう、イレギュラーな要素か。先に片付けるか？」

「その必要がありそうだね——うん、美しくない。ねじれた淀《よど》みが溜《た》まっているようだ」

「この辺りは誰の管轄になっていたっけ。まずはそいつを絞ってみようか——いいだろう、パニックキュート」

「それが無難だね」

男は歩き出し、その姿はたちまち雑踏の中に紛れて、見えなくなる。

1.

「どしたの、末真《すえま》？」

予備校の廊下で、わたしは友人に呼び止められた。

「ああ、藤花《とうか》……悪いけど、今日は先に帰ってて」

「ん？　なになに、どうかしたの？」

「いや……なんか、呼び出されてて」

「誰に？」

「予備校の、アドバイザーとかいう人に」

「なにそれ？」

「まあ、学校でいうところの、生活指導室に来い、って感じかな」

「えええ？　意味わかんない。なんで末真がそんなのに行かなきゃなんないの？　優等生じゃん！」

「う一ん、こないだの模試で、たぶんかなり悪い成績だったから、かな」

「いや、だって末真、あんときは熱があって、頭痛いって言ってたじゃない！」

「うん、まあそうなんだけど」

「末真は悪くないよ！　私も行って、説明してやるわ！」

　この娘、宮下《みやした》藤花は優しい子ではあるのだが、そのぶん融通が利かないところがある。彼女が一緒だとますます話が厄介になるのは目に見えているので、

「いやいや、大丈夫よ。ちょっと注意されるぐらいだと思うから。大したことないよ」

　と、できるだけ軽い調子で言った。不満そうな藤花に、さらに、

「だいたいここって予備校よ？　いくら怒られても、別に内申書に響くわけでもなし。関係ないわ」

「そりゃそうかも知れないけど……」

「すぐに終わると思うから、そしたら連絡するから、ね」

「うん――でもね、末真。あんたがもしこの予備校やめるっていうなら、私も一緒にやめてやるからね」

　真顔で言う。まあ、本気なんだろう。ちょっとくすぐったいが、返答に困る発言ではある。でも藤花のこういうところが、わたしはかなり気に入っている。

「うん。あてにしてるわ」

「まかせといて」

　かなりズレた会話をして、藤花と別れ、わたしはやっと呼び出されたカウンセリングルームに向かった。

「ええと——末真和子《かずこ》さん？」

「はい、そうです」

「で、その——君はどう思っているんだ？　どうしてここに呼ばれたと？」

いきなり無表情でそう言われたので、少し戸惑った。もっとシンプルに怒られると思っていたのに、ずいぶんと搦《から》め手《て》で来るんだな、と感じた。でも言い訳するのも面倒なので、素直に、

「自己管理がなっていなかったな、と思います。熱を出したりして」

と言った。するとなんだか相手が変な顔になった。一応、

「結果は結果ですから、それが実力なんだろうとは思っています。気持ちに隙が多いんだろうな、って」

と付け足してみた。するとますます目の前の顔がぴくぴくと歪《ゆが》んでいく。なんか怒らせてしまったのかな、でもしょうがないしな、と私がやや投げやりなことを考えていると、アドバイザー氏は、

「君は——何を言っているんだ？　熱が出た、って——なんのことだ？　どういう意味なんだ？」

震える声で言ってきた。まだ絡んでくるのかな、とちょっと混乱したが、しかし他に言いようがないので、

「いや、そのままですけど――あの模試の時は、朝になって急に熱が出て、ふらふらしながら試験を受けたんで――まあ、ひどい成績だったろうな、って」

と答えた。するとなぜか、相手は絶句してしまった。

「――――」

「…………」

こっちも特に言うことがなくなってしまったので、黙る。

しばらく静寂が続く。なんだか面倒になってきたな、とわたしが考え始めたところで、相手は苦い顔で、

「君は、自己採点とかしなかったのか？」

と切り出してきた。

「はあ、その日はすぐに寝込んでしまったので――どうせ悪いから、後で一からやり直そうとは思っていたんですが」

「…………」

また黙ってしまう。いったいこれはなんなんだ、と思ったら、彼は一枚の資料を差し出してきた。

見ると、問題の模試の結果データらしかった。受験生の名前と点数がずらずらと並んでいる。

しかしそれは上位順であり、自分とは関係ないな……と、そこでわたしの顔が強張《こわば》った。

（……え？）

目を上げた。アドバイザー氏も固い顔をしている。二人で意味もなく見つめ合って、そしておそるおそる、わたしから、

「あのう……これって、間違いじゃないんですか？」

と訊《き》いてみるが、彼は、

「いいや、正式なデータだ。だから君と話をしなければならなかったんだ」

と渋い口調で言い、そして、

「念のために訊くんだが……不正はないんだろうな？」

「いや……だったら模試じゃなくて、受験本番でやりますよ」

「だろうね……」

低い声で、ぼそぼそとやりとりする。本来ならきっと、ガッツポーズでもして意気を上げなければならないのだろうが、まったく盛り上がる気配はない。

データ表の一番上に、わたしの〝末真和子〟という名前がある。トップで、つまり全国一位で、ついでにその点数は——満点だった。

「……いやいやいや、そんな馬鹿な！」

アドバイザー氏が急に大声を出した。

「そんなことがあるか！　そんなことがあるわけがない！」

「でも、事実です」

「つ、つまりその結果は……」

「はい、まぐれですね。たまたまです」

わたしが投げやりに言うと、彼は首を激しく上下左右に振りながら、

「ふざけるな！ そんなに都合のいい話があるものか！ 熱が出ていて、ぼーっとして適当に書いたら……全問正解？ 馬鹿馬鹿しいにもほどがあるだろう！」

とわめいた。わたしが他人事《ひとごと》のように、

「ほんと、ツイてないですね」

と言うと、彼はきっ、と睨《にら》みつけてきて、

「ま、ままま、満点で――ツイてないだと？」

「いや、本番だったら超ラッキーですけど、しょせん模試だし。別にA判定ついても、それで合格できるわけでもないですし。逆にこんなところで運を使っちゃったら、反動でどうなるか。かなり嫌な気分ですよ今」

「ううう……」

がっくりとうなだれた彼に、わたしは、

「あのう……これって当然、取り消しですよね？」

と訊くと、彼は目を丸くして、

「そ、そんなことはできない。うちの予備校からせっかく全国一位が出たのに……」

彼はきっ、と顔を上げてきて、

「なあ、嘘《うそ》なんだろ？　冗談だよな？　ほんとうは実力なんだろ？」

すがるように訊いてきたので、ややうんざりしつつ、

「いや、今までの成績と違いすぎるでしょ。いくらシーズン後半で伸びるとかいっても、限度がありますよ。無理です」

「ううう……しかし、しかしだな……」

唸《うな》る大人の揺れる肩を見ながら、わたしは、

（なんか面倒なことになってきちゃったな……トラブルにならなきゃいいけど）

と心の中でため息をついた。そしてその予感は、すぐに現実のものになってしまうのだった。


やっと解放されて、予備校の廊下を歩いていると、目の前からひとりの少女がやってきた。見たことない制服を着ていて、どうやらここの予備校生ではないらしい。外から入ってきたのだろうか。穏やかで柔らかな雰囲気の人である。

しかし――彼女の姿を視界の隅にとらえた瞬間、私は嫌な感じがしていた。

（あれって――まさか）

彼女は、こっちをまっすぐに見ている。わたしはとっさに目を伏せて、背を向けようとした

が、そこで、

「末真和子さんでしょう?」

と声をかけられてしまった。もう無視もできないので、しかたなく振り返って、

「ええ——」

「よかった、見つかって。私は須賀聖良子《すがせらこ》です」

迷うことなく名乗ってきて、そしてどうやら、当然自分のことは知っているだろう、という調子だった。そして残念なことに実際、知っている。正確にはほんの数十分前までは知らなかったが、ついさっき資料上に、その名前を見つけていたのだった。

全国模試結果発表の、二番目に書かれていた名前——それが須賀聖良子だったのである。

「あー、いや……」

わたしが口をもごもごさせているのにもかまわず、彼女は、

「あなたのことは一応、調べさせてもらったんだけど、みんなから〝博士〟って呼ばれているそうね?」

と馴《な》れ馴《な》れしく話しかけてきた。

2.

「………」

　言葉に詰まっているわたしに、彼女は、

「あなたって深陽学園らしいけど、失礼ながら、あそこって平均点は高くても、突出した成績の人っていないとばかり思っていたわ。去年だったら百合原美奈子《ゆりはらみなこ》が目立ったときもあったけど、あの人が失踪してからは、上位成績者に深陽の名前が出てくることってなかったでしょう？」

　と話を続けてきた。

「いや、あの……」

「やっぱり、あれなのかな。ほら、学校の中だけでやっていたときは同調圧力で縮こまっていたけど、予備校とか行くようになって、解放されたっていう、そういうの。今は解放感があるの？」

「ええと、だから……」

「今はどうなの。自分は特別だって思う？　他の人たちとは違っていることを自覚してる？」

　すらすらと一方的に喋《しゃべ》ってくる。しかし、それが自然で、あまり無理に押しつけがましい響きがない。他人に意思を押しつけることに慣れている、そんな印象があった。つまり、(わがままに育ってきて、困ったことがないひとなのかな……)

そう感じた。そしてなんだか、彼女はわたしのことをそんな自分と同類だと思っているらしい。

「ええと、誤解です」

とりあえず、結論から言った。

「わたしは、一番じゃないんです」

しかし彼女は、うんうん、とうなずいて、

「確かに一回、トップになっただけではナンバーワンとはいえないかも知れないけれど、それはそれよ」

と完全に的外れなことを言った。困った。さっきのアドバイザー氏の態度からして、事態を納得してもらえるとは思えない。それでもとにかく、言ってみる。

「いや、そもそもわたし、トップにもなっていないんです。あれはなんというか、ミスというか、間違いというか、そういうもので。だからあなたがトップなのは変わっていないんです。わたしのことは気にしなくていいですから」

「あら、ずいぶんと警戒されているみたいね。でも残念だけど、あなたはもうステージに上がってしまっているのよ。今更下りられないわ」

「す、ステージ？」

「そう、あなたは私よりも上に立ってしまった。それがたとえまぐれの間違いでも、もう取り消すことはできない」

なんだか無茶苦茶なことを言い出した。しかし彼女の表情はずっと穏やかで、ムキになっているような歪みがない。微笑《ほほえ》みながら、

「それに……既にあなたは証明している。この私、須賀聖良子を前にしているのに、その落ち着きようはあなたの力を示しているのよね」

ものすごく自信満々に言うのに、そこに不自然さがない。

「力、って……」

「たとえば、あなたが答案をすべて適当に書いて、それがたまたま全問正解になったとして、それもまた力。そんな強運は他の人とは比べものにならないパワーといえる。それをないって言い張ったり、大したことない、とか思うのは、横暴で卑劣なことよ。あなたって卑怯《ひきょう》者なの？」

彼女がそう言ったところで、いきなりわたしの背後から、

「そんなことないよ！」

という声が響いてきた。びっくりして振り向くと、そこには藤花が立っていた。彼女は須賀聖良子をきっ、と睨みつけて、

「末真は卑怯者なんかじゃないよ！」

と大きな声を出した。わたしはあわてて、

「い、いや藤花。別にこれは――」

と彼女をなだめようとしたが、聖良子は、

「あら、だったらそれを証明してもらいたいものね」

と言い返した。藤花はさらに興奮して、

「おう、望むところよ！　末真は逃げも隠れもしないわ！」

なぜか胸を張りながら言った。いや、おまえのことじゃないだろ、とわたしは内心つっこまざるを得なかったが、しかし、

（まあ、こういうのが宮下藤花だから、しょうがないんだけど……）

そしてわたしは、彼女のこういうところが、かなり気に入ってしまっているのだった。

「なら末真さん、これから私たちと食事でもどうかしら？　色々と話をしたいわ」

聖良子がそう切り出してきた。それから彼女は藤花にも、

「あなたもどう？　ついでにご招待するわ。たぶん、我々の会話のレベルについて来れないとは思うけど」

と嫌味たっぷりに言った。わたしはこれに、むっ、となったが、藤花本人はあっさりと、

「ああ、末真の頭の良さについていけないのは慣れてるから平気よ。でも、あんたはどうかし

らね？　大丈夫？　末真に言い負かされる覚悟はあるの？」

そう言い返した。なんだか勝手に引き返せない雰囲気になっている。わたしたちって受験生で、あんまりのんびりしていられない立場のはずなんだけど……とは思ったが、それよりも引っかかることが、ひとつあった。

「あのう、須賀さん——今、私たちとか、我々とか言っていたけど……」

その質問に、聖良子はうなずいて、

「ええ、そうよ。私が所属しているサークルがあるの。選ばれた者たちだけが参加できる会合よ。あなたがそれにふさわしいかどうか、試させてもらうわ」

一方的にそう言った。

＊

「やあ末真和子さん。我らが〈インペリアル・ゴールド〉のミーティングへようこそ」

その男はまだ若いくせに、びっくりするぐらいに全身〝さりげないオシャレ〟の塊だった。一見地味っぽいが、その実とても金のかかっている装いばかりで、さりげなく塡《は》めているブレスレットとか、かすかに襟元から見えるだけのチェーンネックレスとか、ごく小さな指輪とか、どれも車並みの値段のはずだった。

（あー、つまんない雑学知識があると、こういうときに受けなくてもいいプレッシャーを感じちゃうのよね……）

わたしのそんな印象を知ってか知らずか、彼は、

「私は江成泰征《えなりやすまさ》だ。君のことは色々と調べさせてもらったよ。いや、大変な強運の持ち主らしいね」

と言ってきた。わたしの顔が、ぎしっ、と強張る。

（そうか……変だと思ったけど、やっぱり）

いくら全国一位とはいえ、模試の成績だけでそこまで興味が持たれるのはおかしいという疑問が解けた。こいつらは、わたしの過去を知っているのだ。

自分とは全く関係のないところで起きた巡り合わせで、九死に一生を得た奇妙な運命のことを。それはわたしにとって、苦くて飲み込めない人生の不条理だった。

「いや……そうでもないですけど」

奥歯を嚙《か》み締《し》めたくなる衝動をこらえながら、泰征という男になんとか返答した。すると隣の藤花が、

「言っておくけど、末真の場合は運じゃなくて、ぜんぶ実力ですから」

と、かなりとんちんかんなことを言った。泰征はやや呆《あき》れたように苦笑した。しかしこの藤花の無邪気な強気に救われて、わたしのささくれ立ちそうになった心が静まった。息を軽く吸

ってから、

「皆様のご期待には添えないとは思いますけど、須賀さんに招待されたので、図々《ずうずう》しくも来ました」

と言った。これに泰征は、

「いやいや。そんなことはないだろう？　楽しみだよ」

とウインクしてきた。それから彼らに奥へと案内される。

ここまで来るのに、予備校から車で移動で、地下の駐車場に入って、そこからエレベーターで上ってきたので、いったいここがどこなのか、高層ビルの内部だということくらいしかわからない。

しかし、分厚いドアを抜けて入ったフロアは、そこから見える夜景は、

（ああ……これは勘違いする）

人々が暮らしている風景が、まるで星空のように美しく輝いている。それを遥《はる》かな高みから見下ろしている。壁全面がほぼ窓になっていて、空の上に立っているかのような光景が広がっている。そうやって下界を眺めていると、たくさん見えている光の一つ一つに自分と同じ人間がいるのだという事実を忘れそうになる。そこにある生活が遠く感じられる。そこにある苦労の数々と自分は無縁でいられるのではないか、そんな錯覚さえおぼえる。

（これに慣れてしまうと、色々と引き返せなくなるんじゃないかしら……）

夜空の中では月だけが、そんな風景の中で地表から見上げるのと一切の差異のない、川の流れのように変わらない、なじみ深い顔を見せている。

わたしはちら、と横目で藤花を見た。しかし彼女には、わたしが受けている衝撃なんかはいっさいないようで、

「なんか薄暗いんですけど。もっと明るくならないんですか」

とシンプルに文句を言った。するとフロアにいる十数名の男女がみな、くすくすと笑い出した。無粋な田舎者を嘲《あざわら》笑う排他的な響きがあった。

広いフロアには椅子とテーブルがランダムに並んでいるが、名札などがあるわけでもないし、店員さんらしき人も全然見当たらない。どうするか、と思っていたら、聖良子が、

「あなたはこっちよ」

と案内された。そこはどうやら、すべての席から見える位置にある席だった。

(わたしが今回の〝見世物〟ってことなのか)

しかしここまで来て、ひるんでいてもしょうがない。全員をせいぜい失望させてやろう、とわたしは素直に示された席に着いた。するとすかさず藤花が隣に座ってきて、わたしに向かって、うん、とうなずきかけてきた。

3.

「末真さん、君はいつ頃から〝自分は普通じゃない〟と気がついたんだい？」

泰征がだしぬけにそう訊いてきた。

わたしたちの前には、次から次へと料理が運ばれてくる。しかし一度も注文を聞いてこないで、勝手に出てくる。事前に予約とかしていたのだろうが、わたしは当然知らないので、何を食べさせられているのかよくわからないものを口に運んでいる。飲み物はどうするか、さえ訊かれず、おそろしいことに、何種類もの飲み物がずらりと並べられて、わたしが〝オレンジジュースとかにするか〟とおそるおそる手に取ると、他のものが全部下げられるのだった。あの下げたやつってどうなるんだろう。捨てられるのだろうか。実にもったいないと思うのは、わたしが貧乏性なんだろうか。はっきり言って味なんかよくわからない。

「いや……わたしは普通ですけど」

「それは無責任な答えだよ、末真さん」

「………」

「いいかい、君は現に、他の者たちよりも上に立っているんだ。その君が普通だと言ったら、平凡な連中はどうすればいいんだ？」

「…………」

「君のような人間にとって、謙虚さは決して美徳ではない。自分の立場にふさわしいものを享受することを受け入れるべきだ。素直に、ね」

「立場……ですか」

わたしはややうんざりしながら、一応訊いてみた。

「それって、どんな立場なんですか。いや、わたしじゃなくて、あなた方の立場ですけど」

「決まっているだろう。選ばれし者の、特別な立場だよ」

まったくてらいもなく、恥ずかしげもなく断言した。

「いや、特別とか言いますけど、何が特別なんですか」

「それは問題が逆だな。他の者たちが我々よりも劣っているのであって、我々には特に説明する必要はないんだ」

「自分のあり方について、あれこれ悩んだりしない、ってことですか」

「君は悩んでいるようだがね、それは無駄だよ。残念ながら一般人が色々な面で愚かなのは動かしがたい事実だ。我々が導いてやらなければならないんだよ」

泰征がこんなことを言っても、周囲の空気は別に変な風に固まったりしない。どうやら全員、彼と同意見らしい。本気で心底、うぬぼれているらしい。

（これは……）

わたしは既に、どっと疲れていた。ここにはまともな人間は誰もいないようだ。やれやれ……と心の中で嘆息して、そして、

「では、誰もいない無人島にでも行けばいいんじゃありませんか？」

と、かなり唐突に言った。案の定、皆が少し虚を突かれた感じで沈黙した。わたしは続けて、

「そうでしょう？　愚かな一般人たちにかかわらずに、平穏に生きていくことができますよ、きっと。劣っている者たちにいちいち合わせたり、導いてやらなくてすむでしょう、その方が」

と言った。そして、

「なにしろ、特別であることに理由も説明もないんですから、どんな状況であっても、ずっと特別なはずですよね。支えてくれる周囲など必要ないんでしょうから」

かなり淡々とした調子で、すらすらと言葉が出てくるので、自分でも変な感じがした。

（きっと、霧間《きりま》誠一《せいいち》の本かなにかで読んだフレーズなんだろうな。どの作品だったかは思い出せないけど）

わたしがそんなことを考えている間も、サークルの人々は、なんだか狐《きつね》に鼻をつままれたような顔をしている。話がよくわかっていないらしい。そんな中、泰征が、

「君は確かに、たいへんに頭がいいらしいね、末真さん」

ににこにこしながら口を挟んできた。

「ただ、甘えがあるね。子供っぽいとも言えるかな」

「まあ、子供ですから」

「それにしても、だよ。場を読むというか、空気を察するというか、そういう力には欠けるようだ。勉強ができるだけでは世の中で通用しないことを学んだ方がいい」

「まあ、勉強もそれほどできませんから」

わたしが無駄に反抗的な態度をとっていると、なんだか周囲の雰囲気が変わってきた。くすくすという笑い声があちこちから聞こえてくる。しかし決して穏やかではない、ざらついた刺々《とげとげ》しい視線を感じる。

「君は、自分は周囲に支えられていると思っているのかな」

泰征が訊いてきた。わたしはうなずく。

「当然でしょう？」

「しかし君は他よりも抜きん出ている。君が認めようが認めまいが、これは事実だ。君は彼らに支えられていると思っているかも知れないが、向こうからしたら、君に踏みつけられているとしか思えないんじゃないかな」

「そうかも知れません。それには反論できないです。わたしは他の人たちがどう思っているのか、そこまではわかりませんから。誤解されていても仕方がありません」

「そこは素直だね？」

「自分がなんでもかんでも理解できるとは、思っていませんから。あなた方はどうか知りませんが」

「でも君は〝博士〟なのに？」

「それはただのあだ名です。面白がって、からかわれているだけです。たいした意味はないし、重みもないです」

「では私も、君のことをそう呼んでもいいかい？」

「どうぞ」

「なあ末真博士――君は他人のことをわからないと言うが、しかしその他人の方は君のことをまったくわかろうとしないだろう？　割合で言ったら、君の方があきらかに、彼らのことを理解していて、そしてかなりの確率で、彼らは君が把握しているよりも、彼ら自身のことを知らないんだ。身の程を知らないというか、己の分をわきまえないことがいわゆる〝一般人〟に共通する要素だからね。君はそうではないが、彼らはそもそも、自分たちが何者なのかを考えようとしない」

「…………」

「博士、君はどうなんだろう。君には夢はあるのか？」

「今は、とりあえず大学合格ですけど」

わたしがそう言うと、またくすくす笑いがあちこちから聞こえた。全国模試一位が何を言っ

ている、という意味なのだろう。ふざけているようにしか聞こえないんだろう。しかし泰征は笑わずに、

「では野心はどうだ？　君は、何者になりたいんだ？」

妙にまっすぐに、問いかけてきた。これにわたしはそのまま、

「では、あなた方はどうなんですか。優秀なエリートさんたちなら、とても雄大な展望をお持ちなんですか？」

と返した。これに泰征は笑って、

「我々だけが夢を持っても仕方がないんだよ。世の中の大半を占めている一般人たちが、何を望んでいるのか、それに対応するのが優先だからね。強いて言うなら」

ここで真顔になり、囁《ささや》くように、

「常に上に立っている、確実に。それを維持し続けることが我々選ばれし者たちの宿命だね」

断言した。こんな傲慢なことを公の場で言ったら大ひんしゅくだろうが、この空間では誰も反論しようとしない。共通認識なのだ。

「わたしの上にも立っているんですね」

「さあ、そこだ。そこが問題なんだ。なあ博士、君は我々よりも自分が下にいると思っているか？」

「そりゃそうでしょう。わたしはあなたたちよりもお金持ちじゃないし、社会的立場もないし、

経験も少ないですから」

「しかし、君はおそらく、我々の誰よりも運がいい。幸運に恵まれている。そうは思わないか？」

「…………」

わたしは言葉に詰まった。これには反論できなかった。確かに私の人生は、不思議な強運によって支えられている部分がある。しかしそれは、わたしにとっては不条理で飲み込みにくい現実なのだった。それを〝祝福〟として受け入れることが、どうしてもできないままでいるのだった。

「いや、実際の話……君が模試で全国一位をとったことなど、大して驚くには値しないんだろう。なにしろ君は過去にも、誰にも捕まえられなかった殺人鬼、佐々木政則《ささきまさのり》の標的にされながら、その魔の手から君だけが逃れることができたという奇跡を起こしているんだからね」

とうとうその名を出してきた。わたしは自分の顔から血の気が引いて、真っ青になっているのを自覚した。

「…………」

かつて佐々木政則という平凡なサラリーマンが、しかし裏で自らの嗜好《しこう》のため大勢の人間たちを惨《むご》たらしく殺していたという連続殺人事件があった。

その事件は、凄惨かつ残虐で、かなりの被害者を出したにもかかわらず、なんとなくあまり話が広まらずに、報道されてもごくわずかで、いつのまにかひっそりと忘れられてしまったものである。

佐々木政則はどうやら、自殺ともとれるような不審死を迎えたらしいのだが、その彼の自宅から、わたし——末真和子の資料がたくさん発見されたらしい……つまりわたしは、この殺人鬼が理由不明の死を遂げなければ、次の獲物として殺されていた可能性が極めて高かったのだ。

他の犠牲者たちはみな死んだのに、どうしてわたしだけが助かったのか？　そしてなぜ、わたしはそんな名も知らぬ相手から殺されるほどの執着をされなければならなかったのか？

その理由を知りたくて、わたしは様々な本を読んだり、調べたり、考えたりしているうちに、皆から博士と呼ばれるようになってしまったのだが——しかし、未《いま》だにわたしには、その答えがわからないままだ。むしろ、どんどん疑問が大きくなっているような、そんな気がしてならないのだった。

「君は、なにものかに守られている——そうは思わないか？　そう、君は我々に負けず劣らず〝選ばれた者〟である可能性が……」

「たまたまです」

わたしの声は、自分でも聞き取りづらいほどに掠《かす》れてしまっていた。

「偶然です……わたしは、そんなんじゃない……」

気がつくと奥歯が鳴りそうになっていて、あわててぎゅっ、と顎に力を入れた。このわたしの動揺を見て、周囲の〝観客〟たちの目が輝き出す。やっと彼らが見たいものが出てきたのだろう。生意気な小娘が痛いところを突かれて、おどおどと取り乱す姿を。

(駄目だ……やっぱり。わたしは全然、立ち直ってなんかいない……)

ずっと落ち着かない気分、この世界の中で微妙に居心地が悪い気分、どんなときでも常に、冷たい視線にさらされ続けているような不安な気分——それに取り囲まれているのだ。

「じゃあなんなんだ？　君が幸運ではないとしたら、いったいどういう力が働いているっていうんだね？」

泰征がさらに絡んでこようとして、わたしが唇を噛み締めそうになった、そのときだった。

「だから、末真の場合は運じゃなくて、全部実力ですって」

急に、その声が横から聞こえてきた。びくっ、と場の全員が彼女の方を見る。彼女は誰の方も見ずに、料理を無造作にぱくつきながら、

「ていうか、さっきから変なことばっか言ってますよね——選ばれた、選ばれた、って、いったい誰に選ばれているって言うんですか？　神様ですか？　いや神様だったら、そんなすごい存在からしたら、きっと人間なんてみんな同じような馬鹿ばっかりにしか見えなくて、そこに上だの下だの、そんなみみっちい区別なんてつけられないと思いますけど——うん」

宮下藤花は、場の空気をまったく無視して、淡々とそう言うのだった。

4.

どうやら藤花のことを、ほとんど意識していなかった泰征が、やや戸惑い気味に言おうとしたところで、藤花が、

「みんな馬鹿ばっかりですよね。その中でちょっとした違いを、幸運だ、不運だ、運命だ、ってことさらに区別をつけたがるのって、やっぱり馬鹿馬鹿しいですよね」

さらにそう言った。そして彼女はコップを手にとって、グレープフルーツジュースをごくごくと飲み干してから、ふん、とかすかに鼻を鳴らして、

「で、末真は実力ですからね。そういう馬鹿馬鹿しい世界の中で、自分自身で決めようとしているから。末真は運に頼っていないから」

そう言った。それから少し首を左右に振って、

「ほんとに、上だの、下だの――自分の可能性とはほとんど関係ないところで神経をすり減らして、みずから未来をいたずらに消耗し続けているんだよ、みんな」

(藤花……?)

「ええと、君は――」

わたしは彼女の横顔を見て、妙な違和感を感じていた。なんだかそれは、藤花であって藤花でない、別の人間が喋っているように見えた。横からなのでよくわからなかったが、変な感じに眉が動いていたような、左右非対称の表情をしていたような——そしてなんというか、少女というよりも、なんだか男の子の声みたいにも聞こえて、そして何よりも、

(なんか——前にもこんな感じの声を聞いたことがあるような……?)

その既視感が、なによりも奇妙なのだった。そして言葉はさらに続く。

「人間は二つの気持ちに、常に引き裂かれている。周囲から浮き上がりたくないくせに、誰とも似ていない独特な存在にもなりたがっている。この二つは完全に矛盾しているのに、人間はそのふたつを抱え込んで、どちらも捨てることができない。皆が同じジレンマに縛られていて、だから本質的に、心から他人を認めることができないのが、人間なんだよね。王様しかいない心の中の孤独な国の法律に、皆が支配されている——誰もが、臣民のいない空っぽな帝国の皇帝陛下なのさ」

妙に文学的な言い回しだな、とわたしがちょっと感心したところで、しかし——周囲の空気が一変した。

今までの、余裕ぶった傲岸不遜な雰囲気が消し飛んでいて、全員が目を見開いて、小刻みに震えだしている。

「お、おまえ——それは、その言い方は……エンペロイダーのことか?!」

「なんでそれを知っている……？」

「ま、まさかおまえたちは、既に——」

急に焦りだして、切羽詰まって、それぞれ意味不明なことを口走っている。

（な、なんだ……？）

わたしが戸惑っていると、隣の藤花がふいに、

「あっ」

と声を上げた。それはいつもの藤花の声で、もう男の子のような響きはなかった。そして彼女は携帯端末を懐から取り出して、画面を確認して、

「ごめん末真、ちょっと先輩から。で——すぐ戻ってくるから」

と、席を立って、早足で出て行ってしまった。それはあまりに自然な様子で、誰も途中で制止できなかった。

「…………」

「…………」

「…………」

わたしも含めて、皆が絶句してしまって、しーん——と静まりかえる。

先輩、というのは彼女がつきあっている竹田《たけだ》啓司《けいじ》のことだろう。藤花はなぜか自分の彼氏を、彼が卒業した後になってもまだ〝先輩〟と呼んでいるのだ。正直わたしには、あの人はどうに

も頼りない感じがして、今ひとつ気に入らないのだが、それはさておき――なんだか、変な視線が残されたわたしに集中している。しかしそれは、さっきまでの弱い相手をいたぶるようなそれではなく、逆に――

(恐怖――?)

私のことを怖がっているような、そういうものに変わってしまっていた。逆転していた。藤花がよくわからないことをちょっと喋っただけで、わたしの立場がそれこそ、その〝上下〟が入れ替わってしまって、これは……。

「な、なあ……末真博士?」

泰征が、おずおずと話しかけてきた。

「ま、まさか君は、君たちは――」

しかし彼は、その言葉を最後まで言うことができなかった。

きーん……

突然、わたしはひどい耳鳴りに襲われた。思わず耳を覆うと、他の人たちも同じように頭を抱え出す。耳鳴りではない、実際に聞こえている音なのだ。空気が極端な波長で振動していて、そして――わたしはありえないものを目撃した。

（な——なに、あれ……？）

窓の外の、夜景が歪んでいた。下に広がっていたはずの街並みの光が、寝転がってみる星空のように視界いっぱいに広がっていて、そしてそれがねじれていた。軌跡を描いて、ぐるぐると回っている——そして回っているのは、窓、それ自体もだった。

おそらく強化ガラスであろう、高層建築の窓が、ぐにゃり、と飴細工《あめざいく》のように変形していき、そして丸い大きな穴が開いた。

ものすごい強風が、そこから吹き込んできた。フロア中のテーブルがひっくり返り、人々が皆、椅子ごと転倒させられた。

（な、なな——）

壁に叩《たた》きつけられる、と思ったが、壁側からも空気が回ってきて、それに跳ね返されて、ひたすらに床の上をごろごろと動かされた。

そして突然、その風がやんだ。

わたしたちは皆、身体《からだ》を起こして、そして同時に、それを発見した。高層ビルの窓に空いた

（な、何が——）

不自然で奇怪な穴——その穴の前に、いつのまにかひとりの男が立っていた。

穴から侵入してきた——のか？

しかし外には、ワゴンやロープといった支えになるようなものは何も見当たらない。男はど

うやって、ここまでやってきたのだろう——。

「よう、江成泰征——」

男は、この場のリーダーである彼のことを名指しした。そして泰征がうめくように、

「ま、マロゥボーン……！」

と言った。それがこの侵入者の名前なのだろうか。

夜だというのにサングラスを掛けていて、長い前髪がその上に被《かぶ》さっている。視界がとても狭そうな、そのひょろりとした男は言う。

「俺が来たということの意味はわかるな、江成泰征——おまえは〝美しくない〟と判定されたぞ、我らがパニックキュートによって」

5.

「じゃあ、やっぱり——」

泰征はわたしの方を振り向いて、そして急に肩を両手で摑《つか》んできた。

「ご、誤解だ博士——私は別に、君のことを敵対視などしていなかっただろう？　そうだろう？　君からもマロゥボーンに説明してくれ！」

意味のわからないことを、すごく必死に訴えてきた。

「え？ ええ？」

混乱しているわたしを、彼はさらに侵入者の方に突き出すように、背後に隠れてしまった。サングラスの男——マロゥボーンと顔をつきあわせる。相手の眼《め》は見えないが、視線を感じた。彼は不審そうに唇を歪めて、

「ん——？ おまえは誰だ？ メンバーのリストには載っていなかったぞ」

と訊いてきた。

「いや——なんなんですか？」

わたしもつい、そう訊き返してしまう。色々なことが噛《か》み合《あ》っていないで、でたらめに進行しているらしい。

「んー、んー……？」

マロゥボーンはゆっくりとこちらに歩いてきた。わたしのすぐ前に立って、しげしげと観察してくる。

他の者たちは、誰も何も言わずに、ことの成り行きを見ているだけだった。この謎の男に、完全に圧倒されている。

「んー、んー……」

マロゥボーンはわたしのことを見ながら、不思議そうに言う。

「なあ、おまえ——どうしてそいつを、突き飛ばさないんだ？」

「え?」

「だから、おまえの後ろで震えている弱虫を、どうして蹴飛ばさないんだ。そいつを引きはがして、逃げだそうとは思わないのか?」

「………」

わたしは反応に困った。何を訊かれているのか、今ひとつよくわからないし——だから仕方なく、無言で相手を見つめ続けた。するとマロゥボーンはますます不思議そうに、

「変わっているな、実に変わっている——そうか、もしかしておまえが、あの噂の……」

と言いかけて、しかしその言葉が途切れた。ふいに視線を、びくっ、とわたしから逸《そ》らして、

「なんだ……この気配?!」

と言うなり突然、後方にばっ、と飛《と》び退《の》いた。そして窓際にふたたび戻って、そのガラスに空いた穴に背をつけて、

「なんだかわからん、わからんが……やばい感覚だ。ここで手を出すのは、どうやら得策ではないらしい——まあいい。目的は果たした。江成泰征、おまえに通達はしたぞ。今後の身の処し方を考えておくんだな——」

と言うや否や、彼の姿が背後の穴に吸い込まれるようにして、飛び出していってしまった。続いて——みるみる穴が、逆再生のように塞がっていく。一秒とかからず、元に戻ってしまう。

「――っ！」

わたしはその窓際に駆け寄って、下を見た――しかし何かが落ちた跡などはまったく見えなかった。

（げ、幻覚――？　でも――）

ガラスに触れてみる。渦を巻いたような凹凸が、そこには生々しく残っている。特に熱を帯びているわけではなかったが、いったん溶かして、ふたたび直したような、そういう痕跡が歴然と刻まれていた。

（いったい――）

と、わたしが茫然《ぼうぜん》としていると、そこに、

「いったいこれって、どうしたの？」

という声がフロアに響いた。振り向くと、藤花が憮然《ぶぜん》とした顔で、ひっくり返ったテーブルやへたり込んでいる人々を見回していた。彼氏との話を終えて、今、戻ってきたらしい。

「なによこの様子は――なんの馬鹿騒ぎなの？　ねえ末真、なんなのよこいつは？」

「いや、えと――」

藤花はぷりぷり怒りながら、わたしの方にやってきた。

わたしが口ごもっていると、藤花はぐいっ、と手を摑んできて、

「もう帰ろ、末真。こんなところにいつまでもつきあうことないよ」

と強い口調で言った。すると、

「そうね、それがいいわ。末真さん」

須賀聖良子が、いつのまにか私の横に立っていた。彼女はうなずいて、

「これから、たぶん揉《も》めるから——あなたたちはいない方がいいわ」

あれだけの騒ぎの後なのに、なんだか妙に落ち着いている。ここに来てからは、わたしは彼女と一言も喋っていなかった。ずっと黙っていて、わたしが他の人たちと話しているのを見ていただけ、みたいな——。

「で、でも——」

わたしがちら、と泰征を見ると、彼はがっくりとうなだれて、床に座り込んでしまっていた。

「あいつはもう〝失格〟らしいから、気にする必要はない」

聖良子は冷ややかに言って、そして、

「それより、あなたはやっぱり私のライバルのようね——それを確認できただけで、ここに招待した甲斐《かい》はあったわ」

とウインクしてきた。

「す、須賀さん——」

わたしが話しかけた途中で、彼女は、

「〝ファータル・クレセント〟よ」

「え？」

「それが私のもう一つの名前。いつかあなたにもあるはずの、秘められた名前も知りたいわ。よろしくね」

と、彼女は手を差し出してきた。どうしよう、と思ったが、仕方ないので、左手を藤花に掴まれたまま、わたしは右手で聖良子と握手した。

「ど、どうも——」

「ほら末真、行こう」

藤花は半ば無理矢理に、わたしを引っ張っていって、フロアから連れ出した。

（そういえば——）

さっきあのマロゥボーンが、急にわたしから視線を逸らして、驚いたように見えたのは、たしかこっちの方だった。藤花がいたはずの方角に、脅威を感じたみたいだった……そんな風にも取れる。

（藤花は——）

さっきの彼女……彼女であって彼女でなかったような、あの奇妙な様子は、あれは……。

「ね、ねえ藤花——」

エレベーターが来るのを待っているとき、わたしはおずおずと話しかけてみた。しかし彼女はまだ怒っていて、

「まったく冗談じゃないわ。なんなの？　エリートだかセレブだか知らないけど、全然大したことないね、あいつら！　なんかよくわかんなかったけど、でも末真、あいつらに言われたこととか、気にすることなんかないからね！」

「う、うん――」

＊

行きは車に乗せられていったが、帰りはそんなものはなかったので、普段の予備校終わりと同様に電車で帰宅することになった。

「…………」

窓際に立ちながら、わたしは通り過ぎていく夜景をぼんやりと見ている。数十分前まで上から見下ろしていた街の明かりは、ここからだとひどく身近で、生々しく感じられたが、それでも直《じか》に手が届かないことは同じだった。

「……ねえ、藤花」

わたしは隣に立っている藤花に、おずおずと話しかける。

「さっき、あの人たちも言ってたけど、わたしって、昔――」

「末真も大変ね、変に絡まれて。でも気にしなくていいと思うよ」

藤花は気楽な調子で、わたしの言葉を途中で遮ってきた。実に軽い言い方だった。

「いや、あの——」

「だってみんなも同じじゃん。末真が嫌な気分になるようなことは、多かれ少なかれ、誰にだって心当たりがあることじゃないの」

藤花は妙に遠くを見つめるような眼で、窓の外の流れていく暗い景色を眺めている。わたしも同じ方を見る。窓ガラスの中に映っている藤花と目が合う。彼女はうなずきかけてきて、

「そう、誰だって同じ——自分ではどうにもならないことに縛られてる。いつのまにか、自分の意思とは関係のないところで決まってしまったことに、あっちこっちへ動かされる——自動的に」

窓ガラスの中から、悪戯《いたずら》っぽくウインクしてきた。

「肝心なのはきっと、それに負けないこと。自動的であることを言い訳にせずに、自分の生き方を見つけようとすること——君は、それができていると思うよ、ぼくは」

なんだか芝居っぽい言葉遣いで、おどけているようにも、照れ隠しにも感じ取れた。わたしはそれがなんだかくすぐったくて、

「もう——なんだか藤花らしくないわよ、あんたはもっと馬鹿っぽいキャラでしょ？」

と苦笑しつつ言い返した。彼女はうなずくだけで、それ以上何も言わない。

（——でも）

わたしは不意に、泣きそうになってしまった。我慢していたものがあふれて、こぼれ落ちそうになってしまった。とっさに藤花の手を。ぎゅっ――と摑んで、

「でも――ありがとう。わたし、藤花と友だちになれて、ほんとうによかったと思うよ」

と彼女の耳元で囁いた。すると藤花は、

「まあ、どう考えても私の方が苦労してんだけどね――あんたはまだまだ甘いのよ、末真。ひとの身にもなってみろって」

と、今度は完全にふざけた調子で言ったので、わたしも笑って、

「じゃあもしも、わたしがあんたになったら、あのトロくさい竹田先輩のいいところもわかるようになるのかな？」

と言い返してやって、それから電車内で、他の客がいるにもかかわらず、傍若無人《ぼうじゃくぶじん》で世間知らずで遠慮のない無邪気な女子高生らしく、大きな声で二人してけらけらと笑い声を上げた。

＊

「ううう……」

江成泰征は打ちひしがれていた。他の者たちが皆、去ってしまった後でも、散らかったフロアにへたり込んでいた。立ち上がる気力をなくしていた。

「ううう……」

フロアの照明はすでに落とされてしまって、真っ暗な室内から外の夜景がやけにはっきりと見えた。それはもはや見下ろしているというよりも、この場所がそこから疎外されているようにも感じられた。

「ううう……」

泰征は、もとから裕福だったわけではないし、恵まれた環境で生きてきたのではなかった。むしろその逆だった。息が詰まりそうなところで生まれついて、そこから必死で這《は》い上《あ》がってきたのだ。それが今や……

「おしまい、なのか……ここまでなのか……」

彼がひとり呟《つぶや》いた――そのときだった。


「おまえに訊きたいことがある――」

急に、声が前から聞こえてきた。びくっ、と顔を上げると、そこには一人の男が立っていた。かなりの体格で、見るからに鍛え上げられた肉体を持っていそうな、威圧感のある男だった。

そして暗い空間の中でさえ、その男の眼が通常のものではないことが認識できた。左右で色が違っている金銀妖瞳《ヘテロクロミア》が、泰征のことをじっ、と見つめている。

「げっ――」

思わず呻《うめ》き声が漏れていた。知っている男だった。そいつを知っていることが、彼が統和機構でもかなりの位置にまで上り詰めていたことを示す、その男は――

「か、カレイドスコープ……？」

そいつは噂では、中枢《アクシス》と呼ばれる統和機構のトップの、その右腕として活動しているといわれている……。

(な、なんだ……なんで……？)

愕然《がくぜん》としている彼に、カレイドスコープは淡々と、

「先刻――ここに来たのは、本物のマロゥボーンだったのか？」

と訊いてきた。

「……え？」

「確かに、ヤツ本人だったのか、それを確認できたか？」

「い、いや――それは……あの――」

「ヤツはどうやってここに来た？　壁が破れていないが、ドアから入ってきたのか？」

「あ、あの――ま、窓から――穴を開けて……でも、塞がってしまって……」

震えながらそう言うと、カレイドスコープはくるっ、と背を向けて、窓際まで近づいていった。そのわずかに波打っている変形の跡を指でなぞると、うなずいて、

「なるほど……確かにヤツ以外には不可能な手際だな……」

と言った。その声にはわずかに苦々しい響きがあった。そして、

「ヤツはなんと言っていた？　おまえに何を伝えに来たんだ」

「そ、それは……あの……」

と彼が言いよどんだそのとき、その懐の中で携帯端末が着信を告げた。びくっ、となってカレイドスコープに目をやると、彼は顎をしゃくって〝出ろ〟と促した。仕方なく彼は、震える手で端末を操作する。

「………………」

こっちから言葉が出てこなかったが、向こうからは刺々しい声が響いてきた。少女の声だった。

〝おい、兄貴よ――まァたヘタ打ったみてーだなぁ――〟

「や、泰葉《やすは》……」

〝いいか、わかってるよな――いつもと同じだ。よけーなことはすんなよ。私に任せな〟

少女の声はとても可愛《かわい》らしい感触なのに、口調はひどくやさぐれたものだった。

〝兄貴はただ、全然たいしたことねーよってツラしてりゃあいいんだよ。いいか、絶対に自分でなんとかしよーってヤマっ気出すんじゃねーぜ〟

その高い声がきんきんと響いているのを、泰征だけでなく、カレイドスコープも無言で訊い

ている。少女はおそらく、そんなことは夢にも知らずに、

〝相手が統和機構だからってビビってんじゃねーぞ。どんなヤツが相手だろうと、この私の〈グリマー・グリッター〉で丸め込めねーヤツなんかこの世にいないんだからな。パニックキュートだかなんだか知らねーけど、簡単にケリつけてやるからよ。おい、聞いてんのか？〟

と威勢よく喚《わめ》いている。泰征は青い顔でカレイドスコープを見上げるが、彼の方は無反応で、怒ったり笑ったりしている様子はない。やむなく泰征は、

「あ、ああ――」

と生返事をする。少女は満足そうに、

〝よーし、ならいい……いいか、マンションに引っ込んでな。一週間は出てくるな。その間に、みんなスッキリさせてやるからな〟

と言って、そして通話はそこで一方的に切られた。

「…………」

絶句している泰征に、カレイドスコープが、

「なるほど……おまえは以前から、実力以上に周囲の評価が高かったり、不自然にトラブルが解消されている傾向がみられたが……陰からサポートする者がいたのだな」

「そ、それは……」

「妹か。ずいぶんと揉《も》め事《ごと》に慣れているようだったが、まだ若そうだな。成人もしていないん

じゃないのか」

「い、いや……あの、あ、あいつは、その……」

焦って弁解しようとしたところで、

「やらせてみようじゃないか。彼女がどんな風におまえに対するパニックキュートの評価を覆すのか、なかなか興味深い。案外、いい線いくかも知れないしな」

「え？」

予想外の言葉に、泰征は驚いた。これではなんだか、この統和機構ナンバー2が彼の味方のような……いや、そうではなく、

「あ、あの……カレイドスコープ？　あ、あなたはまさか、パニックキュートと、その……対立し——」

おそるおそる話しかけようとした、そのときにはもう変化が生じていた。

目の前にいる男の姿が、だんだんと——透けていく。

かすんでいって、向こう側の夜景のなかに溶け込んでいく。

三秒とかからず、その姿は完全に見えなくなって、そして消えた。

気配もなくなる——音もなく、その場から失《う》せてしまった。

Panel
2
― 錯誤の美 ―

『死神は人の心の隙間を突いてくるという。
それを防ぐことは誰にもできない。
あらゆる隙間を埋めてしまった心など、
もはや人間とはいえなくなっているから、
ということらしい』

――ブギーポップの伝説より

かつて、合成人間カレイドスコープはその少年とこんなことを話していた。

「しかし、パニックキュート……どうしてあんな些細《ささい》な兆候から、反乱の存在を察知できたんだ？」

「あはは、カレイドスコープ。君はそんなことを言っているから、いつまで経《た》ってもオキシジエンの影武者なんだよ。もっと自覚的にならないと」

「別に、その役目に何の不満もないが……何に自覚的になれと言うんだ？」

「君自身の美しさに、だよ。君はあまりにも、己のことに無頓着すぎる。君には世界を支えるに足る充分な美しさがある。だがそれは隠されている。君自身が放置しているからだ」

「美しい、ねえ――」

「君に限らない。世界中の人間は皆、自分たちがどれほど美しい存在であるかを知らず、その美しさを冒瀆《ぼうとく》するようなことを自ら行っていることを知らない。だから世界はいつだって歪んでいる。僕はその歪みを読み取るだけさ」

「しかし、皆が歪んでいるのなら、特定の歪みだけを見つけることはできないだろう？」

「それは確かにそうだ。だからきっと、僕は統和機構を超えるような巨大な歪みに関しては、それと見分けることはできないかも知れない。僕にわかるのは、統和機構の支配から外れようとするものだけだろうね」

「統和機構は世界を歪めているか。まあ、それには反論できないな。事実だ。我々は陰から世界を抑圧している」

「それだよ、カレイドスコープ——その素直さだ。それが君の美しさのひとつだ。だが君はその素直さをオキシジェンに対してしか使わないよね」

「それが仕事だからな。彼を支えることが我が使命だ」

「でも、そこに君の歪みもある。君は、自分の帝王としての素質から目を背けているからね」

「帝王？　なんのことだ？」

「いや、別にオキシジェンを倒して帝国を乗っ取るとか、そういう話じゃない——帝王というのはあらゆるものを支配しながら、同時にそれを受け入れられる者のことだ。君はオキシジェンを崇拝《すうはい》しているが、彼を受け入れきっているわけではない——そこにはかすかだが、間違いなく歪みがある。君が帝王となるためには、オキシジェンのすべてを己に取り込めなくてはならないが——残念だが、それは叶わないだろう」

「……何を指して帝王という言葉を使っているのか、まるで掴めんな。俺の度量不足で、影武者としても欠けているところがある、という意味なら、わからなくもないが」

「きっと君は、オキシジェンにいつか見捨てられるね」

「なんだと？　聞き捨てならないな」

「いやいや、これはきっと避けられない……君はオキシジェンと一緒に破滅することはできない。彼から離れる日が、いつかは訪れることになるだろう――」

「……………」


あのときの、少年の言葉の意味をカレイドスコープは何度も考えてみたが、結局わからないままだ。しかしひとつだけ心残りなのは、少年自身は、自分のことを帝王だと思っていたのかどうか、それを確認していない――ということである。それははっきりとした後悔として、今も彼の心に残っている。

1.

「お願いします、末真さん――お兄ちゃんを助けてください！」

いきなり現れて、その女の子は私にすがりついてきた。高校から予備校に向かう途中の歩道で、周囲には他の通行人も大勢いるが、彼女はそんなことはおかまいなしで大きな声を上げる。

「もうあなたしか頼れる人はいないんです。お願いします！」

「あ、あのね」

「お兄ちゃんは誤解されているんです。誰かにハメられたんです！　何も悪いことなんかしてないんです！」

「いやその、だからね──」

いつもなら藤花と一緒なのだが、今日は彼女が補習で遅れているのだった。藤花は成績は悪くないのだが、忙しい彼氏の都合に合わせているせいか、無断欠席が多くて、そのせいでしょっちゅう補習を受けているのだった。わたしが〝やめなよ〟と言うと〝わかった〟とは言うが、ちっとも直らない。まあ、そういう自由な人間なのだとは思う。

「末真さんが力を貸してくれないと、お兄ちゃんが大変なことに──」

少女は名乗りもせずに、必死で私を揺さぶる。

「うー……」

反応に困る。何が困るって、思い当たる節がないわけでもないことが困る。

(だって……そっくりだもんなあ……)

「あっ、ご、ごめんなさい。急に言ってもわかんないですよね。私、江成泰葉っていいます。泰征の妹です。ほら、この前末真さんを招待して──」

「はあ――」

いや、言われなくてもわかってはいた。この泰葉という少女は、あのとても高慢に見えた男の人と目元から鼻筋から口の形まで、細かな特徴がいちいち一致しているのだから。そしてあの人があの後できっとまずい立場になったんだろうなあ、というのも想像はついていた。ただひとつわからないのは、

「あの――どうしてわたしに？」

ということだった。これに泰葉は、

「末真さん、あなたが悪いんじゃないんです。でも――お兄ちゃんは、あなたをかばって」

と意味ありげなことを言い出して、顔を伏せた。

「え？　なんのこと？」

「実は……その、あなたの模試の成績の問題で、最初は偉い人に〝これは危ないんじゃないか〟って疑われていたんです。でもお兄ちゃんが〝いや、信じましょうよ〟って言ったので、それで」

「はあ……」

「でも、そこで楯突《たてつ》いたみたいな形になったのが、上の方から睨まれる原因になったみたいで――だから、末真さんから〝大丈夫ですから〟って言ってもらえれば、きっと」

「はあ……」

わたしはほんとうに、反応に困る。この泰葉という少女はいったい、わたしに何を期待しているのだろうか？

彼女がわたしを見つめてくる、その眼——そこにはなんだか妙な確信があって、わたしに単なる苛立《いらだ》ちとは違う不安を感じさせる。彼女はわたしの知らないことを知っていて、その有効性を信じているのだ。

「これって、末真さんから始まったことなんです。だからあなたなら、必ずできます。当事者なんですから」

そう言われて、わたしはぐっ、と喉元に剣を突きつけられたような気分になった。

（わたしが——自分で——）

いつもいつも大事なことが、自分とは関係のないところで勝手に決まってしまうような、あの感覚ではなく、わたしが自身の責任で、状況を変えられるというのだろうか？

「それは——」

＊

（よし、やはりこの手でうまく行くようだな——）

江成泰葉は、末真和子の顔色が変わったのを見逃さなかった。彼女は佐々木政則事件のトラウマから、自分で解決できるかも、という誘惑にきわめて弱いのはわかっている。

（それに——そもそも私の〈グリマー・グリッター〉で視《み》る限り、こいつにはそもそも強くて確固とした信念なんかない——簡単に他人の話を受け入れてしまう程度の意思しかないわ）

泰葉には、ふつうの人間には感じられないものを読み取れる能力が備わっている。かつて幼い頃に、事故で兄妹《きょうだい》そろって死にかけた際に、統和機構によって施された処置によって九死に一生を得たときに身についた〝副作用〟である。兄にも似たようなものがあるが、薄い。しかし彼女はずっと、自分がわかることを兄の手柄にして、自分は陰に隠れるということを続けている。それは、

（能力を完全に見抜かれるということは、危険——）

だと身を以《もっ》て知っているからだった。彼女には、人間の周囲に火花のような、ばちばちと弾《はじ》けるイメージの輝きが視える。それはその人間が持つ、他人への影響力の強さなのだ。そのスパークが大きければ大きいほど、それに接触した他の者たちはそいつと同じような考えになっていく。しかし、それが視えている彼女にはそのカラクリがわかる。〝ああ、こいつ今、影響力を及ぼそうとしている〟とか〝この発言、さも自分で思いついたようなフリしているが、ただの受け売りだ〟とか〝自信ありげにしてるが、空っぽで虚勢だけだ〟とかいうこともわかってしまう。人間の底が視えるのだ。

だからこそ、見抜かれたときの無防備も理解している。彼女の能力が統和機構に、完全に把

握されてしまうということが何を意味するのか、その危うさを誰よりも知っている。だから彼女は単に、他の人には嗅《か》ぎ取《と》れないにおいで、人間の微妙な心理の変化がわかる、という程度のことしか申告していない。

（それで充分――私の真実は私だけが把握していればいい。他の者たちは皆、私の分析対象として存在していればいい……そして、この末真和子は）

泰葉の前で、困った顔をしているこの少女は、その周囲にある輝きは、ほとんど視えない。かすかにちらちらと時折出てくるが、とても誰かに深い影響力を及ぼせるとは思えない、ささやかなものでしかない。

（頭はいいのかも知れないが、しかしそれだけだ。圧倒的なカリスマも、皆を導くだけの力強い姿勢があるわけでもない……しょせんは凡人だ）

だが、統和機構はなぜかこいつに注目している。新しい可能性をこの無力な女の子に見いだそうとしている……。

（そこに利用価値がある。こいつを足がかりに、パニックキュート以外の統和機構メンバーに取り入って、兄貴への評価を撤回させる……私の〈グリマー・グリッター〉を使って、影響力を及ぼす際の、末真和子は〝影武者〟になってもらう――）

彼女が断れないことは、もう視えている――楽勝だ。だがここで、その計算から外れることが起きた。

「あの、江成さん——」

「泰葉って呼んでください」

「じゃあ、泰葉さん。そもそもわたしに話をされても何もできないんですよ」

きっぱり言われた。え、と泰葉は戸惑う。そんなことを言いながら、末真にはまったく断る気配がないのだ。だがすぐに、

「だから泰葉さん、わたしじゃなくて須賀さんに頼んだ方がいいと思うのよ」

とも言ってきた。どうやら断る気はないが、自分だけでどうにかするとは思っていないらしい。そう来るとは想定外だった。

「え？　い、いや、それは——」

泰葉は苦い表情になる。彼女は須賀聖良子が苦手だった。彼女からは常に、激しく炸裂《さくれつ》するスパークが感じられて、その慎みのない威圧感に嫌悪しか感じられないのである。

「ああ、泰葉さんが須賀さんを好きじゃないんだろうな、ってのはなんとなくわかるんだけど、でもあの人もグループの中では力がそれなりにありそうだし」

末真は冷静に言う。そこには一切の押しつけがましさがなく、影響力行使のトゲトゲも視えない。

だが、正論だ。

「う……」

泰葉は思わず口ごもってしまった。なんでだろう、自分の意思で相手を押し切れたはずなのに、なんだか立場がおかしくなっていることに困惑させられていた。

＊

（まあね、わたしもあの須賀聖良子さんとはあんまり会いたくないんだけどね）

明らかに渋っている様子の泰葉に、わたしは、

「大丈夫よきっと。そもそもわたしのせいなら、須賀さんが勧誘してきた本人なんだから、連帯責任というなら、彼女もフォローしなきゃならない立場だろうから、きっと手伝ってくれるわよ」

と言ってみた。たぶんあの人、そんな甘い相手ではないと思うけれど、今はそう言っておこう。

「ううん……」

泰葉は煮え切らない態度である。といって別に、ここでわたしから離れてくれる訳でもなさそうだ。仕方ないのでわたしから聖良子に連絡することにした。アドレスはこの前、すでに教えられていたからわかっていた。

すると、彼女から通話で応答が来た。

〝やあ、末真さん——話が来ることはわかっていたわ〟

相変わらず、聖良子は自信満々に言ってきた。

〝私としては、あなたに江成兄妹とは距離を置くことを忠告したいのだけれど、きっとあなたはそのアドバイスには従わないのでしょうね？〟

「いや、正直わたしには状況がまだ飲み込めないので、態度を決めかねているんですけど。でも乗りかかった船なのは、あなたも同じじゃないの？　グループ全体の評判にも関わると思うし」

〝そうね、少なくとも末真さんの意向は尊重しなきゃね。わかったわ、これから会いましょう〟

「え？　これから？」

〝そう、今すぐ。どうせ予備校の近くまで来ているんでしょ。駅前広場で落ち合いましょうか〟

急に言われたが、連絡を取ったのはこっちなので反対もしにくい。

（うわ——これで講義の欠席、確実になっちゃったわ——）

あんなまぐれの、模試の点数のせいで受験に失敗したら笑い話にもならない。面倒なことになってしまった、とわたしは我が身の不幸を呪《のろ》った。

2.

駅前広場は人でごった返していた。

（ええい、人混みは大っ嫌いだ――くそっ）

泰葉は〈グリマー・グリッター〉という能力を持っているせいで、大勢の人間と同時に接触するのが極端に苦手だ。誰もが自分のトゲトゲをぶつかり合わせて、いたるところでストレスが炸裂している。

（澄ました顔して歩いているが、内心では皆が殺伐とした心を剝《む》き出《だ》しにしている――）

泰葉は横にいる末真を睨む。彼女は友人に連絡しようかどうしようか、さっきから悩んでいる。

「うーん、どうしよ……藤花って、変なところで勘が鋭いから、嘘ついたらきっとバレるし……でもこれ以上付き合わせるわけにも……うーん」

ぶつぶつと一人で考え込んでいる言葉が、ちらちらと外に漏れてしまっている。うかつな女だ、とあらためて泰葉は思う。

（しかし、こんな女であの須賀聖良子に対抗できるのか？　あいつに私の能力を使ったことはない……怪しまれたくなかったから……しかし今は、そうも言っていられない。やるしかない

——)

彼女が額に脂汗をかきながらそう決意したときに、その耳元で、

〝しっかし、君は我が身を省みることをしないよね、実際〟

と囁く声が聞こえた——ような気がした。「——?!」

彼女はびくっ、と後ろを振り返った。声が聞こえてきたと思った位置には、誰もいなかった

——しかし、それよりも離れたところに、一人の男が立っているのが眼に入った。

サングラスをかけた長髪の男が、こっちを見ている……。

「がっ……!」

泰葉の喉から異様な声が漏れた。

3.

「え?」

わたしはその呻き声に、泰葉の方を振り返った。

彼女は上体を大きく屈《かが》み込《こ》ませて、がくがくと震えている……そして、その向こう側に立っ

てこっちを見ているサングラスの人物は……

（ま、マロゥボーンとかいう――）

あの乱入者が、ここに現れていた。彼はわたしの視線を受けて、こっちに向かって歩いてきた。速い。

「や、泰葉さん――」

わたしは彼女の身体を支えようと手を伸ばした。

その指先が彼女につくか、つかないかというところで、ぴたり、と彼女の震えは止まって、そして起き上がった。

目を閉じている――その表情には妙な微笑みが浮いている。

そして、手を突然に、横へと突き出した。するとそこに、接近してきたマロゥボーンが黒っぽい何かを差し出す――タイミングがぴったりで、まるでバレエかなにかを観《み》ているような連動だった。

それはサングラスだった。マロゥボーンのそれとよく似ていて、一回り小さい。

泰葉はすっ、とその黒眼鏡を自分に掛けて、私の方に振り向いた。そして、

「やあ、末真和子さん――」

と、唐突に挨拶してきた。その声が、今までとは違っていた。いや、同じ声なのだが、どことなく落ち着きがあって、なんだか……男の子の声みたいに聞こえる。

別人にしか思えない、そういう変化をしていた。

（――――）

そのとき、わたしは何を考えていたのだろうか。後から振り返っても、どうして自分がそんな考えに至ったのか、説明のつく論理は見つけられなかった。しかしわたしは、そのときに、妙な納得と直感があって、驚くよりも先に、それがなんなのかを悟っていた。話を断片的にしか聞いていなかったのに、わたしはその目の前の、泰葉であって泰葉ではなくなっているものが何者か、その名を呼んでいた。

「あなた――パニックキュート……？」

「ご名答。さすがに頭が回るね、末真博士」

その少女の姿をしたヤツは、サングラス越しにウインクしてきた。

＊

「この江成泰葉という少女には〈グリマー・グリッター〉という能力があって、他人の精神的影響力を観測できるんだけど……逆にいうと、自分も影響を受けやすいんだよね。自分では他人を操っているつもりでいるんだけど、実のところ他人の顔色を過剰にうかがって、立ち位置を曖昧にしているだけだ。だから……こうやって、簡単に乗っ取ることもできてしまうというわけだね」

そいつはへらへら笑いながらそう言って、そしてわたしの提《さ》げている鞄《かばん》を指さした。なんだ、と思った次の瞬間、鞄の中に入れてある携帯端末が着信を告げた。さすがにびくっ、とした。

「………………」

仕方なく出る。すると想像通り、須賀聖良子の声が聞こえてきた。

〝やあ、末真さん。悪いわね、そういうことなのよ〟

彼女の屈託のない言い方に、わたしはため息をついた。

「……わたしと泰葉さんを売った、ってこと？　いや、売り物になるほどの価値はないだろうから、馬鹿なわたしが自分から罠《わな》に頭を突っ込んだ、って感じかな」

〝まあ、そう卑下する必要はないわよ。むしろ賢明だったわ。まず私に連絡することで、統和機構そのものに敵対するつもりはなく、周囲と協力しますってアピールになったんだから〟

「そんな計算できるほどの情報、わたし持ってなかったけど」

〝まあ、どっちにしろ。そういうわけだから、パニックキュートの指示に従ってね。それじゃあね、また〟

と通話が切れた。わたしはまたため息をついてから、少女に取《と》り憑《つ》いているそいつの方を見る。

「あのう、それって本人はすぐ近くにいて、こっちを見ながら泰葉さんを操っている、って感じなのかな」

「さて、どうだろうね？　遠くにいる本体は気絶状態で、その寝込みを襲えば簡単に倒せるかもね」

ふざけたように言う。ほんとうに泰葉の面影は微塵《みじん》もない。他人を陰からちらちらと覗《のぞ》くような目線の癖が泰葉にはあったが、こっちは堂々と、顔を正面に向けてくる。

（まあ、サングラスを掛けているから視線はよくわかんないけど）

わたしは首を左右に振って、気持ちを切り替えることにした。

「で……目的は何なの？　そんなに江成兄妹が許せなくて、関わった者全員に罰を与えたいのかしら？」

「いやあ、そんなつもりはないよ。そもそも彼らにはそこまで真剣になるほどの影響力はないし。ただ、これから僕がやることの邪魔をしそうだったんでね。さっさと退場してもらったんだよ」

「やる……こと？　何する気？」

わたしはなんだか、いやな予感がした。それは恐怖というよりも、なんだか……うんざり、という方向を指している……。

「君は知らないかなあ、この辺の女の子たちの間で広まっている噂なんだよ。死神が出るらしいじゃないか。名前はそう――ブギーポップ」

＊

「それじゃあね、また」

須賀聖良子は、そう言って通話を切った。そして彼女は顔を上げて、自分の前にいる男に向かってうなずきかける。

「これで——よろしいのですね」

言われた男は、黙ってうなずく。その眼は左右で色が微妙に違っている。

「やはりパニックキュートには問題がある……それがはっきりした。早急に手を打つ必要がある」

「私はあなたに付きますが……末真和子はどうなりますか。パニックキュートに取り込まれたから、彼女も処分しますか」

聖良子の問いに、男は、

「気になるか？」

「いえ、それほどでも……」

と言いかけて、それから彼女は首を左右に振って、

「いいえ。すみません。間違えました。そうです。おっしゃるとおりです。私も、あの人のこ

とがとても気になります……」

　聖良子自身も、その自分の感覚がよくわかっていないようで、迷いを歴然と表に出していた。

男はこれに、静かに、

「結局は、彼女が決めることだ……誰の味方になるか、あるいは——すべてを捨てるか」

　と言うのみだった。

4.

……わたしたちは踏切《ふみきり》の前に立っている。電車は入れ替わり立ち替わり、ひっきりなしに通過していくので、なかなか道は開けない。警告の、かんかんかん、という音が延々と響き続けている。

「…………」

　黙っていたわたしに、江成泰葉の身体を乗っ取ったパニックキュートは、

「でも、なんで踏切にブギーポップの目撃情報があるんだろうね？」

　と話しかけてきた。

「いや、だから——さっきも言ったけど、わたし、ブギーポップに関しては詳しくないんで」

「でも、君は〝博士〟じゃないか。その辺のオカルトじみた話全般に精通しているんじゃない

のかい」

「わたしは、オカルトは全否定だけど」

「おや、それは意外。現にこうしてパニックキュートが目の前にいるのに？」

「だから、よ――そうやって歴然といる以上、もはやそこには悪魔的な神秘性も、秘教的な崇高さもないじゃない。人がオカルトに惹《ひ》かれるのは、あくまでもその超越性だけが理由で、現実では許れないことに価値があるのに、あんたたちときたら――ふつうにそこらに、ごろごろしてんでしょ。一回驚いたら、それで終わり。タネのわかった手品は絶対にオカルトにはならないわ」

ついムキになって、ぺらぺらと喋ってしまう。これにパニックキュートは、

「科学と信仰の差、ってやつかい？　ずいぶんとシンプルに割り切ってるんだね」

と言い返してきた。わたしは面倒だったけど、やむなく、

「科学の基本姿勢は〝まだわからないことがある〟で、信仰は〝とにかく信じればなんとかなる〟だから、わたしは科学側にしかなりようがないわ。わからないことだらけだもの、世の中って。あんたたちのことだってわかんないんだし」

と言い返した。

「へへえ、それで不安にならない？」

「だから逆だって。不安があるから、信じ切れないのよ」

「そこが試されてる、とか思わない？」

「なんでわたしがそんな試練を引き受けなきゃならないのよ。前提がおかしいわよ」

「ははは、シンプルだねえ。切り返しが実にシャープだ」

「だからブギーポップだって信じてないわよ。そんなヤツ、いるわけないと思ってる」

「でも、みんなが噂してるんだろう？」

「だから、よ——噂になるものって、ほぼデマだし」

「しかし、みんなの心の中には、そういうものが〝あってもおかしくない〟という感覚があるんだろう？　君にはないのかい、そういう共感は」

「——————」

「ああ、そうか。それで孤立しているんだね。君は他の友達が感じているようなことが、どこかピンとこない——みんなが信じているものが信じられない。だから不安なんだね」

「…………」

なんで、今日はじめて会ったヤツに、こんなことを言われなきゃならないのか——それは数十分前にさかのぼる。

＊

「いやあ、実際のところ、僕にとって江成泰征はそれほど重大な問題でもなかったんだよね」

パニックキュートはあっさりとそう言った。

「僕がこの地域に来たのは、ブギーポップが気になったからでね。江成泰征はついでさ。歪みが看過するには大きかったんでね。まあ、どうやらその原因は泰征くんではなく、その妹だったみたいだが、ね」

ぽん、と自分の胸を叩いてみせる。

「歪み――」

「ああ。それが僕の取り柄でね。世界にある歪みを感じ取れるんだ。それで統和機構の安定に貢献してる。将来起きるであろう破綻を未然に防止するのが、僕と、そのマロゥボーンの仕事さ」

軽い口調で言う。しかしわたしは、このマロゥボーンが現れたときの、関係者たちの動揺っぷりを目の当《ま》《あ》たりにしている。とてもではないが、軽い調子ですませられることではないことは嫌でもわかる。そして、わたしはそれを教えられてしまったのだ。

（あっというまに、引き返せないところにまで引きずり込まれてしまった――）

それを自覚せざるを得ない。統和機構がどうの、歪みがどうの、という話はきっと、最高機密とか、そういうレベルの問題だろう。部外者で一般人のわたしが知ってしまったのは、異常であり、不条理な状況であるとしかいいようがない。

しかし、何よりも不可解なのは――。

「いや……なんで？」

わたしはあまりにも納得しかねたので、身の危険さえも半ば忘れて、ついそう訊いてしまっていた。

「意味わかんないんだけど……いやまったく、なんのこと？」

「いやあ、君には歪みを理解するのは難しいと思うよ。これはまったく、資質というものに由来するから」

「いや、そうじゃなくて、そっちじゃなくて――ブギーポップ？」

「そう、噂の死神だね」

あっけらかんとそう言うので、わたしはますます混乱して、

「――いやいやいやいや……いや、待って。ちょっと待って……え？」

ぶんぶん、と何度も手を左右に振る。

「ブギーポップ、って――それ本気で言ってるの？　それともなにか、別のことを喩《たと》えているの？」

「もちろん本物さ。君もよく知っている、女の子たちの間で知られている、あのブギーポップ本人に関心があるんだよ。それで君に協力を頼みたいんだよ、末真博士」

口調は軽薄なのだが、しかし本気で言っているようだった。わたしは頭がくらくらした。

(え？　なに？　統和機構って、あんな愚にも付かない噂話とか真に受けて、要人がほいほいとやって来ちゃうの？　大丈夫なの？)

わたしにとって大切な存在である織機綺《おりはたあや》ちゃんなどは、過去に機構と関わりがあって、今でも苦労しているというのに、その上の方がこんなデタラメでは、色々と心配になってしまうではないか。

(世界に大きな影響力を持っているんじゃないの？　それとも世の中って、わたしが思っているよりもずっといい加減に決まっちゃってるんだろうか——)

そんなわたしの脱力と疲労がない交ぜになったような感覚を知ってか知らずか、パニックキュートは無邪気に、

「まあ、君がブギーポップに懐疑的であることは、この場合たいした問題ではないね。そして充分に知的でもあるから、逆にいいんじゃないかな。うん、やたら信じ切っていて、疑問を持たない人よりは、ずっと頼りになりそうだ」

と言った。え、とわたしは顔を強張らせる。

「な、なに？」

「僕はこの街に来たばかりで、ブギーポップについては詳しくないんだよね。末真博士、君が案内してくれないか？」

「はあ？　なんでわたしが？」

「だって、君は女子高生じゃないか。いわばブギーポップ伝説の当事者だろ？　適任だと思うけどね」

「いや、そうじゃなくて——なんでわたしがそんなことしなきゃなんないのよ？」

気がついたら、わたしはすっかり感情的になっていた。言葉遣いからも丁寧さが消えていた。

しかしパニックキュートはそのことには何の反応も見せずに、ただ、

「ああ、それは君がこの江成泰葉を見捨てないからさ。僕に身体を乗っ取られたこの少女を、君ならこのままにしておかないだろう？　君はそういうヤツじゃないのかい、末真博士」

と悪びれずに言うのだった。

＊

……というわけで、わたしはパニックキュートに命じられるまま、ブギーポップの探索をするハメになってしまったのだった。

わたしがあの噂について知ったのは、もう噂が広まってしまって、なんだったら飽きられつ

つあった頃になってからだったので、あの都市伝説がどんな風に広まって、どんな風に変遷していったのかはわからない。たぶん色々なバリエーションがあるんだと思うけど、わたしが知っているのはひとつだけ――それは人が最も美しいときに殺しに来る死神だというやつだ。あまりにも漠然としている。だから噂での出没地点も、かなり散らばっていて、特にパターンはない。

そして、その中の一つが、夕暮れの駅近く、開かずの踏切のところにいた、というものなのだった。

「その噂ではどんな風に言われているんだい？」

「別に――よくあるヤツよ。友達と踏切で離れ離れになっちゃって、開くのを待っていたら、電車の隙間からその友達が黒い影みたいな何かにさらわれるのがちらっ、と見えて――踏切が開いたら、誰もいなくなっていた、って……馬鹿馬鹿しいわ」

「そうかな。かなり切迫感がありそうじゃないか」

「いや、これって目撃者がこの友達だけになっているけど、見ての通り、ここの場所って開かずの踏切になる時間帯、周りに大勢の人であふれてんのよ。なんでさらわれるところを見ているのがその人だけなのよ。他の連中はどうしたの？　ぼーっとさらわれるのを見逃したの？」

わたしは当然の疑問を口にしたが、パニックキュートは、

「いや、それぐらいならこのマロゥボーンにも簡単にできるからね。超スピードで、さっ、と

ね」

と、横に立っている相棒を自慢げに指さした。彼もうなずく。

「いや、そういう話じゃないでしょう……そもそも、だったら目撃者自体がいないでしょ」

「君は揚げ足ばかり取るんだねえ。少しは素直に受け入れたらどうだい？」

「あのね……」

わたしは頭が痛くなってきた。その間にも、ずっと踏切の、かんかんかん、という音が鳴り響いている。

目の前を、徐行して駅に入っていく電車が通り過ぎていく。そもそも電車の隙間から向こう側なんてほとんど見えない。車体のつなぎ目には覆いが付いているし、夕暮れの電車はほぼ満員だから、窓越しにも見えない。いったいどういう基準で、これが〝広まってもいい〟という判断が下されたのか、その噂を話した女の子たち一人一人に訊いて回りたい衝動に駆られた。

（まったく——）

とわたしが心の中で嘆息した、そのときだった。

電車が通り過ぎて、そして——そこで、踏切の向こうに、なにかがいた。

なんだかそれは、人というよりも、黒い筒が地面から伸びているような、そういう不思議なシルエットだった。

周囲には、他にも大勢の人がいる——しかし、誰もその黒いシルエットには注目していない。

誰も気づいていない。

そして、筒のような陰りの中で、顔だけが妙に白く、ぼうっ、と浮かび上がっていて、はっきりとは視認できないが、それはなんだか……

(こっちを見ている……?)

わたしがそう感じた、その次の瞬間には、すぐ次の電車が駅から出てきて、たちまち視界を埋め尽くした。ふたつの電車が交錯する合間の、ほんの一瞬の出来事だった。

「あ——」

わたしが唖然《あぜん》としていると、パニックキュートが、

「ん? どうしたんだい、もう文句はおしまいかな」

と言ってきた。わたしはどきっ、とした。こいつには、今のが見えなかったのか?

(それとも——)

電車はあっという間に通過する。そしてわたしが視線を向けた先には、もうあのシルエットはどこにもいない。

(わたしの錯覚、か——)

そう考えるのが自然だった。変に思考が煮詰まって、ただの建物の影とかを見間違えたのだろう——と、わたしが納得しようとした、そのときだった。

「ほら——なにか、おいでなすったぞ」

とパニックキュートがわたしの耳元に囁いてきた。

「え？」

いつのまにか、かんかんかん、という音がやんでいた。踏切が上がっていく。そして……待っていた通行人たちが歩き始めた。

すると風に乗って、なにか不思議な調べが聞こえてきた。


ひゅー……ひゅろろろ……


それは口笛みたいな、ボーイソプラノのコーラスみたいな、耳の奥に引っかかるような音だった。どこから聞こえてくるんだろう、とわたしが周囲を見回したとき、その異変は始まった。

踏切を渡っていた通行人たちが、突然、同時に立《た》ち停《と》まった。

そして、ばたばたと倒れていく。

（な……？）

わたしは声を上げようとした。だがそのとき、わたしもまた身体が傾いていることに気づいて、地面に転倒した。

受け身も何もとれずに、路面に叩きつけられたのに、痛みを感じない——なんだこれは、と思ったそのとき、踏切からまた、かんかんかん、という音が聞こえてきた。しかし、踏切の路上には、大勢の人間が倒れたままになっている――。

（こ、これは――）

わたしは動こうとした。しかし身体が反応しない。ぼうっ、と熱っぽい感覚が全身を包んでいて、それ以外の何も定まらない。経験したことはないが、これはもしかして――

（泥酔状態――みたいな――）

心の中でそんなことを考えながら、しかし今は冷静に判断を下している場合ではないこともわかっている。

（と、とにかく――踏切を――なんとか……）

非常停止ボタンがあるはずだった。それを押さなければ――と必死で身を起こそうとしたところで、耳元で、

「いや、そこは僕の助けを求めろよ」

という声が聞こえた。パニックキュートがにやにや笑いながら、身をかがめて、わたしの顔をのぞき込んでいた。

「お……」

うまく声が出ない。しかしパニックキュートは平気で立っていて、

「これは、あれだな――特殊能力による攻撃だな。性質は今ひとつ謎だけど、とにかく周辺の人間たちの平衡感覚を掻《か》き乱《みだ》している。対象は無差別だ……どうするかな。なあ末真博士、僕

に助けてほしいかい？」

そう訊いてきた。わたしは自分が動いているかどうかもわからなかったが、とにかく首を縦に振ろうと努力した。はい、と言おうとした。これが伝わったかどうか、パニックキュートは真顔に戻って、

「やれ、マロゥボーン」

と言った。すると横に立っていた彼が、ばっ、と両腕を大きく開いた。

そして、シーツをベッドから引《ひ》き剝《は》がすような動作をした……同時に、ごおっ、という凄《すさ》まじい嵐が吹き抜けていくような音が轟《とどろ》いた。

膨大な空気が、いっせいに移動させられた音だった。

マロゥボーンが腕を動かすと、それに合わせて倒れていた人々が吹っ飛んでいく。踏切の向こうに押しやられる者と、こっち側に引き寄せられる者とで分かれて、綺麗《きれい》に線路上から排除されていく。

それはなんだか、杖《つえ》を一振りしたら海が割れて道ができたという預言者のような、そういう現象に見えた。

そして、単に動かしただけではない……膨大な空気が右に左に移動したせいか、気圧が変化して、わたしは激しい耳鳴りと頭痛に見舞われた。

「ううっ――」

と思わず呻いて、頭を抱えて――そして気がつく。

「あっ――」

身体の自由が戻っていた。くらくらするが、しかしもう全身を包む熱っぽさはなくなっていた。

かんかんかんかん、という音が鳴り響いていて、そして踏切が倒れていく。電車が通過していく――。

「…………」

呆然《ぼうぜん》としているわたしの腕を、マロゥボーンが摑んできて、

「ここから離れるぞ。面倒に巻き込まれると厄介だからな」

と言って、強引にわたしを引っ張って行く。逆らうこともできずに、わたしはその場から離れていった。

吹っ飛ばされた人々が、呻きながら、おそらくはいたるところに打ち身や擦《す》り傷《きず》ができているであろう身体で、それでも立ち上がっていく姿が、遠目にも見えた。

「さて、これで納得してくれたかな、末真博士」

パニックキュートは、わたしにそう言ってきた。

「え？　な、なにが？」

「だから、今のを見ても、まだ君は疑念を持ち続けているのかな、ということだよ。もはや脅威は歴然で、眼前に迫ってきているんじゃないかな」

「…………」

「君がどう思おうと、それが存在しないと信じても、現にこうやって君は襲われてしまったわけだ。それでもなお、君はまだ否定し続けるのかい？」

言われて、わたしは大きく息を吸って、吐いて、なんとか言葉を絞り出した。

「ええと、つまり――今のあれは……」

わたしの問いに、パニックキュートはうなずいて、

「僕の探索を警戒したブギーポップによる奇襲、そうとしか思えないんじゃないかな。ヤツはやる気だよ。こっちを敵だと見なしているのは確実だろうね」

と言った。

Panel 3
― 放棄の美 ―

『死神には影がないという。
その代わりにあらゆる影の中に潜むことができて、
それは物理的な日陰にとどまらず、
心の闇のようなものにさえ入れるのだという』

――ブギーポップの伝説より

合成人間カレイドスコープは、こんなこともその少年と話していた。

「おまえのいう〝帝王〟っていうのは美しいのか？」

「おや、君がそんなことを訊くなんて珍しいね。観念論には興味がなかったんじゃないのかい」

「理解するだけの感性はないかも知れないが――しかしおまえが感じているものが共有できれば、オキシジェンに迫る危険を少しでも減らせるかも、と思ってな」

「いやいや、それは杞憂《きゆう》だよ。彼は誰にも傷つけられないよ。運命に守られているんだから。むしろ君が焦ったら、余計な負担が増えるだけだと思うがね」

「……彼は、おまえから見ても〝帝王〟で〝美しい〟のか？」

「いや、残念ながら彼には〝美〟の欠片《かけら》もないんだ。彼は世界に対して無色透明すぎて、美しくも醜くもないんだ。よって彼のことを帝王と呼んでも無意味だ。彼は何も支配していないんだから。彼はただただ、運命の奴隷にすぎない。しかし、だからこそ無敵でもある。フォルテッシモでさえ彼と戦うのを本能的に嫌っているくらいだ」

「あれはなんでなんだろう？　おまえには理由がわかるのか」

「フォルテッシモは、あれ自体が巨大な歪みで、あまりにも独特に歪みすぎてしまっていて、故に世界から孤立している。帝王と言えないこともないが、超越しすぎていて、逆に何も支配することができないんだ。彼に帝国があるとしたら、それは遙かな未来にしか存在しないだろうね」

「将来、反旗を翻すかも知れないというのか？」

「あはは、だからそういう短絡的なところが君の限界なんだよ、カレイドスコープ。そんなに単純だったら、誰も苦労しないし、フォルテッシモが孤立することもないさ」

「……まあ、どちらにせよ、俺ではフォルテッシモには勝てないから、戦うことになったとしても、時間稼ぎぐらいしかできないだろうが……おまえはどうなんだ。ヤツに勝てるか？」

「僕は、君にだって勝てないよ。僕自身は無力だからね」

「なるほど……ではそっちに訊くか。なあマロゥボーン、おまえはパニックキュートを守るためなら、フォルテッシモと戦うことができるか？」

　彼の問いかけに、それまで無言で近くに立っているだけだった男は、静かな声で、

「無論だ」

と即答した。忠誠を誓っている覚悟が、その声からは確かに感じられた。

「おまえとだって戦うし、負ける気もないぞ、カレイドスコープ」

「うん、こっちは予想通りの答えで、俺にも理解できるな」

二人は互いを睨《にら》み合《あ》って、同時にニヤリと笑った。


……あの頃はまだ、カレイドスコープは二人のことを味方だと思っていたし、実際に戦う気などはなかった。しかし……今となっては悟らざるを得ない。

この時点で、彼は来たるべき破局を予想してしかるべきだったし——そのヒントをパニックキュートは彼に示唆していたのだ、と。

1.

「さて末真博士、あそこで今、何が起こっているのか、わかるかい？」

パニックキュートがわたしにそう言ってきたのは、駅ビルの屋上にある喫茶コーナーでのことである。

その指さしている先には、さっきまでわたしたちが立っていた踏切が見下ろせる。周囲ではまだ騒ぎが続いているようだったが、しかしそれはだんだん収まっていっているのがわかる。

（……みんな、何もわかっていないのね。自分たちが何に巻きこまれたのか……）

わたしが口を閉ざしていると、パニックキュートは、

「君には理解できるだろうけど、人間の生活、特に都市部においては、状況が不鮮明なままで事態を維持することがほぼ不可能なんだね。あの踏切で起こったことを、そこにいた者たち、実際に被害に遭った者たちでさえ、あれがなんだったのか、心の中で整理がつかず、結局は誰かがつけた適当な理由の方に合わせて、自分たちの経験を歪曲《わいきょく》させて、やがて忘れてしまうんだ。彼らは危機に遭遇したが、だがもうそれを振り返ることができなくなっている——きっと、誰かが大声を出して、びっくりしてみんな転んだところに踏切が降りてきたのでパニックになった、ぐらいに話は収まってしまうだろうね」

「…………」

「ああ、もちろん付近には監視カメラがあるだろう。そこには歴然とした映像も残っているだろう。だが検証されなければ、そんなものには何の価値もない。誰かが変だと大声を出しても、周囲の者たちがその人をなだめるだろう。そうやって社会の安定は守られる」

サングラス越しに、江成泰葉の顔をして、彼女では絶対にしないであろう晴れやかで、どこまでも嫌味っぽい笑顔を浮かべながら、そいつは言う。

「そう、こうやって統和機構は世界を支配しているのさ。完全に秘密を守っているんじゃない。隠しきれないところは、あえて放り出してしまう。すると人々の方で、勝手につじつまを合わ

せて、何事もなかったことにしてくれるんだよ」

「昔だったら、きっと妖怪の仕業とかになっていたんでしょうね……」

「それが一般的な見解だったら、そうなるだろうね」

「霧間誠一の本に書いてあったけど……かつて物の怪《もののけ》とかいわれていた現象は、昔よりも現代の方がずっとずっと拡大してるはずだって――科学文明そのものが、人間では把握しきれないスケールの化け物かも知れない、って――統和機構も、そういうものなのかな」

「そして、ブギーポップも、だね。その噂を語り合っている少女たちの中で、それが何を象徴しているのか」

「え？　象徴だって認めるの？」

「象徴であることと、実在することは矛盾しない。噂で語られていることが全部真実だとは思えないけれど、しかしそれは実際の死神の反映でもある可能性が高い」

「幽霊の正体見たり枯れ尾花、だと思うけど――さっき襲ってきたのも、統和機構の内輪もめなんじゃないの？」

「そうだね、それで言うなら、君を狙ったんだろうけど」

「――――」

「統和機構の、少なくともパニックキュートのことを知っているようなヤツだったら、あんな程度の攻撃なんかしないよ。意味がないからね。しかし君はどうだい。かなりのショックとストレスを受けて、もうたくさんだ、みたいな気持ちになったんじゃないのかな」

「……最初からそうなんだけど」

「君は今や注目される存在になっている。出る杭《くい》を打とうと企《たくら》むヤツがいてもおかしくないだろう」

「……でも、あんたはそう思ってはいないんでしょ」

「あはは、察しがいいね。でも君だって無駄な心配をするよりは、割り切ってブギーポップに挑むっていう姿勢になった方が気が楽になるんじゃないかな」

「意地が悪いわね……まったく」

でも、わたしは反論できない。完全にこいつの手のひらの上で踊らされてる感じだった。

忌々《いまいま》しいが、とりあえず、

「でも、なんでそんなにブギーポップに引っかかるの？　何か理由があるの？」

と訊いてみる。そう、それがわからないと始まらない。

「うん。それに関しては、僕の感性ゆえに、としか言いようがないんだけどね。なんというか、ブギーポップが〝美しさ〟を問題にしているところが、僕の基本姿勢と重なるんだよ。そこが気になっている」

「それって、あの〝その人がいちばん美しいときに〟って……アレ？」

「そうだね、そこだね」

「…………」

真顔で断言されたので、わたしはつい、横にいるマロゥボーンの方をちら、と見る。こっちの人はまだまともだろうか、と思って。すると彼はわたしの気持ちを察したらしく、

「我々が、パニックキュートの超感覚に共感することは難しいぞ」

と言ってきた。要するに変人だから、何考えてるか悩んでも無駄、ということらしい。それでもわたしは一応、

「ええと――あなたが重視しているその〝美しさ〟って、なんの美しさなの？」

「世界だね。世界とは美しくあるべきだ、というのが僕の基本姿勢であり、統和機構に参加しているのも、それが理由だよ」

「美しくあるべき世界、って――それって」

わたしはなんだか胸がざわざわしてきた。あまり愉快な話になりそうもない予感がしていた。

「それって別に、平和で穏やかで、みんなが幸せになれる世の中、って意味じゃないんでしょ？」

「そうだね。そういうものは人間には似つかわしくない、と僕は思うね。人間はもっと流動的であるべきだね。人間とはなにか、それは常に前進しようとする志向性だよ」

「前進、って――えと、それは世界平和という理想を目指す、とか？」

「いやいや、そんな誰にでもわかるようなものでは、とても目的地とは言えないよ。そんな程

度のことなら、その気になったら千年前にだってとっくに実現してなきゃおかしいだろ？　でも、そうならなかった。ってことは人間の進む先はそっちじゃないってことさ」

へらへら笑いながら、かなり辛辣なことを言う。でも——その通りだろう。文明がある程度発達したところで、人間はその気になったら、みんなで仲良く、平等に暮らせる世界ぐらい創れるだけの力はあったはずだ。しかし、それを選択しなかった。代わりに争いをどんどん拡大する方向に向かって、がむしゃらに進んでいったのだ。それはわたしには、とても悲しいことに思えるけど、でもこのパニックキュートは、その闘争こそが美しいのだというのだろうか。

「人間は、動きたいんだよ——立ち停まりたくないんだ。そこに価値を見いだしている者が、常に歴史の勝者となるのさ。だからどんなに巨大な帝国を築き上げても、それが固定化されたものになったら、その瞬間に滅亡が歩み寄ってくる。大きなものに憧れて、それに同一化するだけで満足するような連中は皆、そこでおしまいさ。美しくないんだよ、追従者は。だから江成泰征は駄目だった。あいつは統和機構という権威におもねっているだけで満足していた。だからこのあたりの世界は歪んで固定されかけていた。ああいうのがいると邪魔だ。だから僕とブギーポップの対決の前に、退場してもらったというわけだ」

「対決——なにが対立しているのか、まだわからないんだけど」

わたしがそう言うと、パニックキュートはかすかに首を横に傾けて、

「そうかな？　君はもう、うすうす理解しているんじゃないかと思うが」

「…………」

「僕の基準は〝美しさ〟だ。そしてブギーポップは、噂ではどういう基準で死神の仕事をしているることになっているか」

「…………」

「そう〝その人がいちばん美しいときに、それ以上醜くなる前に殺す〟だ――わかるだろう。ここには歴然とした対立がある」

「…………」

「ブギーポップによると、美しくなることには限界があり、いつかそれは終わってしまう、ということになる……だからその前に殺すわけだ。でもそれは僕の考え方とは反する。というよりも、より正確に言うと」

パニックキュートは静かに言う。

「それでは僕の基準が間違っていることになる――いずれ、このやり方は行き詰まる、そう言われていることになる……」

その声は淡々として、そこに感情はないように聞こえる。

「僕は、人間は動き続けているから意味があると考えているが、ブギーポップはそうじゃない。彼は、人が動いていくと、いつかは醜くなってしまう――そう結論付けているわけだ。これは相容《あいい》れないだろう？」

「どうかな――ええと」

少し唇を尖《とが》らせて、息を吸って、それから、

「わたしの意見を聞いてくれないかな」

と慎重に提案してみた。もちろん、とパニックキュートはうなずいたので、

「ブギーポップがなんなのか、わたしが知るはずもないけれど――でも、そのことを噂にしている女の子たちが何を考えているのか、そっちの方は結構、わかるのよね。で――その立場から言うと、美しくなりたいのも、それを終わらせたいのも全部、彼女たちの気持ちなんだと思うのよ。つまり――」

言いづらかったが、しかしこれを言わないと話が先に進まないから、思い切って言う。

「あなた、たぶん最初から思い違いをしてるわ、パニックキュート。ブギーポップが自分の美意識にとって決定的な敵じゃないかっていう考えは、そこらへんのありふれたふつうの女の子たちの妄想が生んだ、ただの錯覚よ」

わたしは断言した。

「なるほど」

まだ成人前の少女に、かなり上から目線でそう言われても、パニックキュートは怒らなかった。

「それが君の見解だね、末真博士」

「女の子ってそういうところがあるのよ。ごちゃごちゃ矛盾してんのよ、頭の中が。人生でいちばん美しいときに、そのまま綺麗に死にたいとか、現実ではあり得ないことを妄想してうっとりするのよね。言っちゃなんだけど、幼稚よね。で――ブギーポップって、その程度の話なの。いや、あんたたちがどんなデータに基づいて、正体不明のなにかを調べているのか、それはわかんないけど――でも、ブギーポップの噂と、謎のそいつって、無関係だとしか思えないんだけど。どうかな」

わたしは全く物怖《ものお》じせずに、目の前の怪人たちに言う。

「つまり、君はここまで出張ってきた僕は、噂にだまされた、ただの間抜けだと言いたいのかな」

パニックキュートが静かな口調でそう言っても、わたしはいっさいひるまず、

「わたしがムカつくなら、今すぐ放り出してもらってかまわないけど」

「まさかとは思うけど、呆れられれば解放してもらえる、とか考えているわけではないんだよね？」

「いや、多少は思ってるけど。でも本音は本音よ。冷静に考えれば、そういうことにしかならないから」

「ふむ」

言われてパニックキュートは、むしろ喜びを顔に浮かべた。

「末真博士、やはり僕はここに来てよかったと思っているよ。ブギーポップはさておき、君という貴重な存在を江成泰征のような俗物から救い出せた、という点においてね」

「いや、そもそもわたし、江成お兄さんとは何もないんだけど」

「それでも統和機構に君が関わる、その最初の入り口があれでなくてよかった。君はまだまだ、世界をまともだと思っている節がある。泰征は君のその傾向を強化してしまっていただろう。彼は君以上に、常識的な考え方にとらわれていたからね。しかしそれは誤りだ」

「ええと──話が見えないんだけど、何のことを言ってるの？」

「今の君の話に、ひとつだけ完全に間違っていることがある。なんだかわかるか？」

「…………」

「君は〝ありふれたふつうの女の子〟だからその考えは〝幼稚〟という風に切り捨てたが──それは間違いだ。世の中というのは、そのありふれた人間によって出来上がっているんだ。だから逆に、幼稚であることと、真実であることは矛盾しない。むしろ逆に、幼稚な論理で社会が構成されているんだ。その辺は君にも思い当たる節があるだろう？　教師や大人たちが、急にびっくりするくらいに頭が悪いことを言い出して面食らった経験は、君には一度や二度じゃないはずだ。それは彼らのちょっとした隙などではなく、本質なんだよ」

「────」

「君からしたら、それは幼稚で愚かかも知れない。しかし、それは存在するんだ。くだらないからと言って否定することで解決できる問題などこの世にはない」

「だから――ブギーポップのことも認めろ、って？」

「認める必要はない。しかし、君が受け入れられないこともたくさんあるという事実は、これは動かないいんだ。それに関しては世界は実に醜い。美しくない」

パニックキュートは少し顔をしかめた。しかしすぐに真顔に戻り、

「ブギーポップの噂に信憑性《しんぴょうせい》がない、という君の意見は正しいだろう。だが世界の方は、その君の正しさに合わせてくれるわけじゃないいんだよ」

「――――」

わたしはサングラスの相手をまっすぐに見つめ返した。どんな目つきなのかは見えないけれど、でも――

「……わかったわ。今のはわたしの負け」

それは間違いなさそうだった。

「わたし自身もありふれた女の子だから、ってつもりだったんだけど……そうね、わたしはみんなから仲間はずれにされてる立場だったわね。それがムキになって否定しても、どこか負け犬の遠吠《とおぼ》えになってたかもね。ブギーポップが馬鹿馬鹿しいって思うのは、今はやめとくわ」

論破されてしまって、それを認めるしかなかった。

「素直だね」

「いや、さんざん文句言ってごねてたと思うけど」

「僕に対してじゃないよ。君自身の心に対してだよ。いま、君は納得した。その納得に素直だということだ。わかるかい？　それは王者の資質なんだよ」

唐突に、パニックキュートは訳のわからないことを言い出した。

2.

少女たちに広まっている色々なブギーポップの噂では、さまざまなところで目撃情報があるが、それらに共通する要素としては〝境界線上に現れる〟という面がある。

踏切、屋上、川沿い、橋の上、交差点、などなど、そういうところでの話が多い。

わたしの見解だと、それらはすべて〝黄泉《よみ》の国〟への境目の暗示、つまり死神ブギーポップは三途《さんず》の川《かわ》の渡し守だから、こっちとあっちが分かれているような場所に〝いるような気がする〟と皆は思うのだろう、ということになる。いかにも噂話で、無責任な都市伝説でも、それなりの説得力が必要とされるために、ありがちな傾向ではある。

でも、それが実在するものだというなら、見方を変えなくてはならなくなる。

「つまり……人があっちからこっちへと移動する途中の、その気持ちの切り替えをしようとした瞬間、そのときに出現して魂をさらっていく、というような——」

わたしが適当に言ってみた言葉に、パニックキュートは、

「なるほどね、そういう視点は新鮮だね。ブギーポップが狙いやすい場所は、襲われる方の状態で決定されるというわけだ。いや興味深い」

「もしくは〝これで逃げ切った〟みたいに安心したところで、来る――なんてのもありそう。端についた、通り抜けた、って思ったとき、誰でもそこで気が緩むだろうし」

「うんうん、さすがだね。充分にあり得そうな話じゃないか」

「いい加減に、とりあえず言ってみてるだけなんだけど」

「その自由な発想こそ、僕が君に期待しているところさ。僕などはどうしても、自分の固定観念が捨てきれない――君の言うところの〝美意識〟ってヤツがね。ブギーポップは僕とは違う考えで動いているのだから、それを想像しようとしても限界がある。だが君は、そのどちらとも距離を置いて、冷静な推理を展開させられる」

パニックキュートは満足そうにうなずいて、

「では次の段階に進もう。君には、もう少し具体的な情報を与える必要があるだろう」

「具体的？」

「我々、統和機構がブギーポップによって、どのように活動を阻害されてきたか、そのデータを検証してもらいたい」

「ええ？　いやその、わたしって受験生で、そんな時間は――」

わたしの抗議を、相手は完全に無視して、

「君に会ってもらいたい人物がいる。このあたりを観察している情報担当者だ。彼女はまだ新任でね。どうも自分の仕事に自信がないらしい。君と話をすることで、明確な指標が得られるかも知れない。そもそも最初にブギーポップの噂を僕に伝えてきたのは、彼女なんだ」

と一方的に告げる。知るか、と怒鳴りたくなったが、続いて、

「彼女の前任者であったスプーキーEという男は不審死を遂げている……これもブギーポップの仕業かも知れないんだ」

と言ったので、わたしの顔が引きつった。それはかつて、わたしが織機綺と出会った頃の出来事に重なる名前だったからだ。

＊

情報分析型合成人間ポリモーグは、慎重な性格だと人からは言われるが、自分ではまったくそう思っていない。自分は慎重なのではない、他の者たちがあまりにも性急で、拙速にすぎるだけだと思っている。

（ほんと……みんな……競走馬じゃあるまいし……）

なにをそんなに焦っているのだ、と彼女はいつも不思議がっている。彼女はとても優秀な能

力を有しているので、数多くの指令が下されるのだが、それに対して彼女がまず言うことは、

「それって……無理だと思うけど……」

という反論である。もちろん命令は命令なので、受けざるを得ないし、ある程度は達成もするのだが、しかし当初の目的を果たせたことは一度もない。でも上の方はそれで充分だという。

（いや、おかしいよね……できてないじゃん……最初の設定からずれてるよね……はっきり）

彼女はずっとそう思っている。場合によっては定められた期限をまったく守らないで、ずるずると仕事を延長したりもする。それで文句を言われるが、だが彼女は、

（いや、それを私に言われてもね……だって無理があるのに命じてきたのはそっちじゃん……できないもんはできないわよ……馬鹿じゃないのかな……つーか、馬鹿だよね……きっぱり）

としか思わない。こんな調子では、いつかは反逆行為に問われて、殺されてしまうかも知れないが、それでも彼女は、

（どーせ必死こいて、焦って、ミスをしても結局処分されんだから……おんなじことじゃん。最初にもっと、頭使って考えりゃあいいだけのことなのに……なんでああも、せかせかしてんのかな……いや、頭悪いんだろうな……馬鹿なんだね、結局）

と考えている。そもそも統和機構の合成人間、などという異常な身の上で、立派な仕事をして認められよう、とか考えるようなヤツは間抜けだと思っている。

（なぁにをムキになってんだか……そういう気負いが間違いの元なんだよね……で、気がつい

たらあっさり上に理由もわからずに始末されるのは、そんな連中ばかりなんだよね……周りを見回して、正常な判断が下せないから……まあ、自業自得だよね……やっぱり）

彼女は現在、統和機構の中でもかなり危険な任務に就《つ》いている。

かつてスプーキー・エレクトリックという合成人間が、自死としか思えない最期を遂げて、しかし彼の性格からそんなことになる可能性はきわめて低く、何者かの外部からの干渉を否定できない地域の、その監視役を担当しているのだった。正体不明の敵に、つねに狙われているかも——という切迫した状況なのだが、これにも、

（なにかいるかも知れないから気をつけろ、って……いや、そんな命令ある？　何に気をつけるのかわかんないのに、神経だけすり減らせってか……馬鹿みたいな命令だよね……いやもう、適当にやれって言っているのと同じだって、わかってないよね……）

ということで、彼女は任務について以来、ずっとほどほどに、手を抜いた仕事をしている。何を相手にしていいのかわからないというのなら、こちらにできることは何もしないことだ、と割り切っている。だから毎回のレポートでも、かなりいい加減で精度の乏しい情報を上げ続けている。それでも文句を言われないので、彼女はだんだんこの任務が気に入りつつあった。

ふだんの彼女は、街角の占い師である。それっぽいフードをかぶって、それっぽいローブを着て、水晶玉なんかを台の上に置いて、警察の許可を取って、路地にブースを設けて、ぼーっと座っている。わざと客が来ない寂れた通りに陣取っていて、極力、他の者たちと接触しない

ようにして日々過ごしている。

（いやあ、楽だわあ……もうずっとここでいいよね……正体不明の敵がいるっぽいです、って報告し続けようかな……延々と）

と思っていたのだが、しかしそんな中、突然に今まで接したことのない統和機構の上位メンバーであるパニックキュートから、

〝君のレポートにはきわめて興味深い存在がいる。確認の必要があるため、近日中に訪問するから、準備をしておいてくれ〟

という指示が下ったのだった。いったい何の話だ、と彼女は動揺したが、しかしすぐに、

（いや……別に私が悩む必要はないか……どーせ文句を言っても聞きゃあしないんだろうから……やりたいよーにやらせればいいんだろうし……）

と、あれこれ思《おも》い煩《わずら》うのをやめた。来訪の日時指定はなかったので、いつも通りに待機していればいいんだろう、と待ち構えていたら、とうとう来た。

三人組だったのは意外だった。マロゥボーンは前にも見たことがあったので、警護役だろうと見当がついたが、残りの二人のうちのどちらかがパニックキュートなのだろう。彼女は深く考えずに、サングラスを掛けていない方の少女に向かって、

「どーもご苦労様です。でも、ブギーポップってそんなに重要ですかね？」

と言った。

3.

（いや……わたしに言われても）

面食らって、絶句してしまった。パニックキュートに導かれて、わたしたちがやってきたのは半分以上の店舗がシャッターを下ろしてしまっている商店街の隅っこにいた占い師のところだった。まだ若い女の人が、いかにも、という格好で座っていた。彼女はわたしたちを見るなり、こっちが何も言わないのに、いきなり話しかけてきたのだった。

「いや、ポリモーグ――彼女は一般協力者の末真和子で、パニックキュートではない」

マロゥボーンがそう言うと、ポリモーグと呼ばれた女の人は、

「あらそう？　でも、なんか……いや、まあいいか」

と、どこか気の抜けたサイダーみたいな甘ったるい声で言うと、パニックキュートに向かって、

「じゃあ、そっちが私に用があるわけですね」

と訊いてきたが、これに、

「いいや、君に頼みたいのは、こちらの末真博士に君がこれまで集めた情報を伝えてほしいということだから、相手は彼女で間違いないよ」

と告げる。なんだか話が行ったり来たり、わたしの前で勝手に進んでいく。

「博士ですか、なるほど。私から聞き取り調査ですか」

「あの、別に本物の博士ではなくて」

「いやいや、本物の博士号所持者どもの方がたいてい、馬鹿ですから……あなたの方が賢いでしょうよ」

ポリモーグは妙にきっぱりと言った。どうしてそんなことが自信満々に言えるのか、まるでわからない。

「ええと……」

「まあ皆さん、そこに座ってください。大丈夫です、この辺、誰も盗聴とかしてませんから」

言われるまま、わたしたちは占い師の客用に置かれている椅子に腰を下ろした。マロゥボーンだけは、背後に立ったままでいる。

「で、ブギーポップの何が知りたいんです？」

「あー、そうですね……」

わたしはなんだか、毒気を抜かれていた。ポリモーグという人は、人から緊張感をなくさせる、おっとりした雰囲気の持ち主だった。今まで統和機構がらみで出会ってきた人の中で、こんな柔らかい印象の人はいなかった。綺ちゃんも最初の頃はかなりピリピリしていたのに、この人は――。

（やっとまともに話ができる人が出てきた――のかな？）

「えと、ポリモーグさん」

「いや、呼び捨てでいいですよ、博士」

「じゃあ、わたしにも敬語はいいですから」

「ん、わかった。じゃタメ口で」

「ええ。そうしましょ」

どうも相手のペースに会わせた方が話しやすい。今まで張ってきた意地を捨てて、わたしはかなりリラックスして話をしようと思った。

「噂の方はいいわ。わたしもそれなりに知ってるんで。あなたはこの街のことを観察しているのよね、ポリモーグ」

「うん、まあね」

「色々と怪しいことが起きてるの？」

「まあ、そう――でも博士、たいていの街は、どこでも怪しげな事態のひとつやふたつは常に起こってるもんよ。特にここら辺が怪しいってわけでもない――世界の危機ってヤツは、そこら辺にごろごろしてるもんなんで」

彼女にそう言われて、わたしはまた変な感じがした。

（なんか――前にもそんな話を、誰かから聞いたことがあるような……？）

でも明確には思い出せない。気になるが、しかし今はそんなことに引っかかっている場合ではない。

「危機、って――たとえば？」

「いや、そこら辺の連中の中に、時々とんでもなく危ないヤツが平気で紛れ込んでいるんで。そいつらは色んなやり方で、他の者たちを駆逐しようとしてるんで」

「統和機構は、そういう人たちと戦っている、と？」

「ていうか、思うんだけど、それって人間の本質なのかもね――他の者たちを滅ぼしてでも、自分だけが絶対的な立場に上り詰めたい、っていうのは。統和機構って、そういう衝動に対する一種の防衛反応に過ぎないんじゃないかな」

「ははあ――」

「だから敵はいつまでもいなくなることはない。だって人間そのものの中に原因があるんだから。悪い何かを倒しても、今度はさっきまで善良だった部分に悪いものが生まれる。これがいつまでも続く……ね？」

「でも、やめることもできないんでしょ」

「そういうこと。だからほどほどにやんなきゃ、って……私はそう思ってる」

「同感だわ。肩に力を入れすぎても、ろくなことにならないもんね――」

わたしが何気なくそう言うと、ポリモーグがやや眼を見開いて、

「わかってくれる？」

「ええ」

「いやあ、博士は話が通じるわぁ……他の奴《やつ》らはすぐに〝まじめにやれ〟ってうるさいんでね
……うん、気に入ったよ、あなた」

「ありがと――」

よくわからなかったが、好意は素直に受け取っておこう。

「で――そういう怪しい出来事の中に、ブギーポップの仕業かも知れないのって、どれくらいあったの？」

「いや、そんなのはわかんないけど、でも一つだけ言えるのは、ここら辺では異変が始まって、終わるまでが妙に短い例が多い、ってこと」

「短い――」

「いや、怪しいことって必ず前兆があんのよね。それがじわじわと高まっていって、やがて破裂するみたいに広まる。それがパターン。でもこの辺だと、怪しいヤツは割とすぐに正体を現して、そしてなんだか知らないうちに自滅してることが多い。これは確か」

「自滅――それは、もしかして」

「そう、ブギーポップに殺されているのかも知れない。より大きな異変であるブギーポップは、他の中途半端な異変どもを、大事になる前に片っ端から刈り取っているのかも。そういう見方

もできる、ってね」

「…………」

わたしは少し考えていた。自滅、という言い方には胸の奥がざわつく感触がある。

（佐々木政則も、公式には自殺の可能性が高いことになっている……今までは凪《なぎ》が助けてくれたのかも、と思っていたけど……）

ブギーポップの影が、そこにも落ちているのだとしたら……

（わたしは無関係なつもりでいたけれど、とっくにブギーポップの影響下にあったのかも知れない……ずっと）

それは苦い認識だった。

「あの……ポリモーグ」

「なんだったら、ポンちゃんって呼んでもいいよ」

「いや、それはさすがに……あの、あなたはブギーポップらしき者の存在を感じたことはあるの？」

おずおずとそう訊《たず》ねてみるが、これには彼女は、

「いいえ。まったく」

と否定した。わたしはちょっとホッとしかけたが、すぐに、

「だから逆に、いるとしたら相当なものだと言わざるを得ない。私の監視から、完璧《かんぺき》に消えて

いる――痕跡がない。これはそれほど隠蔽率《いんぺいりつ》が高いか、あるいは私たちには最初から感知不能な超存在なのか、という話にしかならない」

とも言われる。わたしの背筋に冷たいものが流れる。

「統和機構でも、歯が立たない――って？」

「そういうこと」

ここでパニックキュートが口を挟んできた。

「だから僕が来たんだよ。他の者では手に負えないからね」

「でも、全部勘違いかも。そんなヤツはいなくて、たまたまが重なっただけ、というのも大いにあり得る」

「それは、そう思いたいだけなんじゃないかな。あまりにも敵が強大なので、いないことにして、目を背けたいんじゃないか」

「まあ、どっちにしても同じだけどね――どうにもならない、という点で」

ポリモーグは投げやりに言って、両手を軽く挙げた。お手上げ、ということらしい。

「そうなると噂そのものが、まんま事実、という。この世界には運命を定める死神がいて、そいつの判断でみんなの生命の長さが決められていて、逆らうことは許されない、みたいな。完全に支配されていて、反抗は許されない……っていう話になるね……」

4.

「支配――」

　わたしが呟くと、パニックキュートが、

「いや、それは支配とは言わないよ。そういうのはただの管理だ。美しい行為とは言えない。単なる調整で、そこに意志はない」

「支配って、そもそも美しくないでしょ」

　わたしがそう言うと、パニックキュートは首を横に振り、

「いいや、あらゆる美はすべて、他の何かを征服し、支配するところから生まれる。芸術はその代表だ。彫刻や絵が〝永遠〟を手に入れて時間を支配しようとする試みであることは、君には理解できるだろう？」

　と急に論議をふっかけてきたので、わたしは、

「その話、今しなきゃ駄目なの？」

　と文句を言ったが、パニックキュートはなんかスイッチが入ってしまったらしく、さらに、

「ブギーポップは〝その人がいちばん美しいときに殺す〟のだというなら、彼は自分では一切、美を生み出していない。殺される対象に任せっきりで、実に無責任だ。これなら統和機構の方

がマシだ。少なくとも〝人類の保護〟という姿勢はあるし、それもまた美のひとつのあり方ともいえる。だがブギーポップは空虚だ。そこには何もない」

と喋り続ける。困ったな、と後ろに立っているマロゥボーンに目を向けるが、この警護役はやはり、主人の言動にはまったく介入する気がないようだった。

「世界は基本的に、無意味だ。人が色々な価値を生み出さない限り、なんの道理もない。美しさというのは、世界に意味を持たせる作業なんだよ。だから——末真博士、君のような人はいつも意識的でなければならない。君が世界に意味を与えて、その美しさがやっと保たれるのだから」

「え？」

いったい何を言われているのか、さっぱりわからない。わたしが——なんだって？

「ええと——」

困惑していると、ポリモーグが、

「まあ、難しい話はさておき……ブギーポップが相手を選んでいる様子がないってのは、はっきりしてるかも」

と言ったので、なんとか会話が成立する。

「つ、つまり……無差別ってこと？」

「そうとも言えるけど、でも脈略がないって風でもある。適当、デタラメ、いい加減……そんな感じ。対象の強弱、規模の大小問わず、見境がないけど、基準もない。何をしたら攻撃されるのか、逆に助かる基準はあるのか、まーったく不明。死神って厳格なものってイメージあるけど、それについては、皆無。この辺ですっげえ悪いヤツをやっつけたことがあるけど、そのときにはまったく気配がなかった。炎の魔女は出てきたけど」

彼女がさりげなく言った名前に、わたしはどきりとした。どうも彼女は、すでに凪とは知り合いのようだ。しかしそこを掘り下げて訊くべきかどうか、パニックキュートやマロゥボーンの前で、わたしが霧間凪の関係者であると表明するのはどうなのか、とか――しかし悩んでるうちに、

「ますます問題だね。ブギーポップを放置しておいてはならないことが、どんどん明確になっていくね。どうすればヤツを確実に捉えることが可能だろうか？」

とパニックキュートは凪をスルーして話を進めていく。うーん、とポリモーグは唸って、

「いや、無理じゃね」

と投げやりに言った。彼女はわたしの方を見て、うなずきかけてきて、

「博士もそう思うでしょ」

と同意を求めてきた。否定できない。

「それは……まあ」

そもそもわたしはブギーポップの実在さえ信じていないのだし。

するとパニックキュートは「ふむ」と顋に手を当てて考えて、

「探索には限界があるか――なるほど、アプローチ方法を変える必要があるかもな」

と呟いた。そしてポリモーグに、

「君がもし、ブギーポップと遭遇することになったら、どうする？」

と訊いた。

「あー、そっすね……逃げますかね」

「戦おうとは思わないか？」

「正体がわかったらやり合うことも考えますけど……得体の知れないヤツに向かっていって、犬死にして、それで得になることってないでしょ？」

「怖いか」

「ええ。そっすね。まあオバケが怖いってレベルの話かも知れませんが」

「ブギーポップは何を怖がるんだろう。どう思う、末真博士」

「え？」

「ほら、噂話で語られるオバケたちには、たいてい弱点が付きものじゃないか。鏡を見せれば逃げるとか、特定の呪文を唱えれば大丈夫とか、あるだろう？」

「うーん……」

わたしはみんなから聞いた話の記憶を辿《たど》ってみた。しかし、何も思い出せない。

「聞いたことないかも……弱点」

「それって不自然じゃないか、噂としては」

パニックキュートはずい、と身を乗り出してきた。

「ほとんどの都市伝説で語られる怪奇現象には、必ずと言っていいほどに〝抜け道〟があるものだ。それがどうしてか、君ならわかるだろう」

「え、えと——それは自分が他人に話すときに、完全に不安なだけだと整理がつかないから——どこかで安全策を見出《みいだ》してからでないと、そもそも話を切り出せないから……」

「そうだ、噂を無責任に広めるとき、人は安全な立ち位置を先に確保しておくのがふつうだ。自分たちを追い詰めるようなデマをばらまくヤツはいない。危なすぎる話は遠ざけられるだけで、決して広がらない。人間は自分が優位に立っていると思うから、無責任な噂をさえずることができる。ただし……それがほんとうに安全なモノかどうかの判断は、実はかなり怪しいんだがね。自分たちでは大丈夫だろうとタカをくくって流した噂が、回り回って己の首を絞める、よくあることだよね……ブギーポップの噂はどうなんだろうね。彼について語るとき、少女たちはその危険性と恐怖をどこまで把握できているのか——なあ、末真博士？　君はどうだ、ブギーポップが怖いか？」

「え？」

「別に怖くないか。なら何が怖い？　君が心の底から恐れるものというのはなんだ？」

「……いや、そんなこと言われても……」

「何も怖くないか？」

なんだか詰め寄るように、畳みかけるように問いを投げかけられる。

「そ、そりゃ色々と怖いものはあるけど……」

「君はかつて、とても怖いものと遭遇したはずだが、そのときにどう思った？　なんて恐ろしい、と動揺したか？」

「…………」

「なあ、末真博士──君は、自分にはなにかが欠けている、そんな風に感じたことはないか？」

「…………」

「他の者たちが恐れながら、刺激を楽しみながら、それでもなおブギーポップの噂を楽しむときに、自分はなんで、何も感じないんだろうって思ったことはないのか？」

「…………」

「君はブギーポップを恐れない。何が怖いのか、よくわからない──もしかすると、その噂をバラ巻いたのはブギーポップ本人かも知れない」

唐突に、パニックキュートは奇妙なことを言い出した。

「ど、どういう意味？」

「この噂には不自然な点がある、ということはわかっただろう？　なあポリモーグ、君にだって噂の出本は摑めていないんだろう？」

「まあ、そりゃ——でもさ、それ言ったら噂なんて……」

「ブギーポップは、噂の中で人々に語られることによって、そこからエネルギーを得ているのかも知れないぞ。そういう構造体である可能性は捨てきれない。だから弱点を伏せた上で、その噂を広めた——自らの伝説をでっち上げて」

言いながら、なんだかパニックキュートの口元が歪んでいく。口調も荒くなっていく。怒っている——ようにも見える。

「ちょ、ちょっと……」

「いや、この仮説はあり得る。噂が不鮮明であることに理由があるなら、そういうことになる……だとしたらこの欺瞞《ぎまん》は許しがたい。より認めがたいものになった……ここに美しさは欠片もなく、むしろ邪悪な寄生虫とでもいうべき、おぞましい卑劣さが——」

パニックキュートが一人でぶつぶつ言っているのを、わたしたちは唖然として見ていた……

そのときだった。


ひゅー……ひゅろろろ……

また、あのふぬけた口笛のような音が、どこからともなく響いてきた。

反応は、わたしよりもポリモーグの方が早かった。彼女はぎょっとした顔になり、わたしの顔を見て、

「博士、やば——」

と何かを言いかけた。しかしその言葉を彼女は最後まで言い終わることができなかった。

次の瞬間、ポリモーグのフードが切り裂かれた。彼女の首がばっくりと割れた。目に見えない巨大な手が、爪が、彼女の身体を強引に握りつぶしたように、その身体がぐしゃぐしゃに潰された。

占い師のブースも一緒に破壊されていく。排水口の栓が抜かれたように、一点に凝縮されていく。

破壊はどんどん広がっていき、わたしたちも飲み込まれる——寸前に、背後からすごい勢いで引っ張られた。

マロゥボーンが、わたしとパニックキュートを抱きかかえて、後方に跳んでいた。

そのまま走り去って——いや、

(と、飛んで——)

マロゥボーンの身体が、完全に宙に浮いていた。透明な床が空中にあるかのように、脚を蹴り出すたびに、上空に浮上していく。

(な、な——)

わたしは、飛んでいることに驚く余裕はなかった。その前に、たった今、目の前で起こったことを――

「ぽ、ポリモーグが――」

「彼女はやられた。もう手遅れだろう」

マロゥボーンが、わたしの耳元でぼそりと言った。

占い師ブースが破壊されていく様子が見える。どんどんそれは大きくなっていき、シャッターの下りた商店街の店までが見えないブルドーザーに蹂躙《じゅうりん》されるように、どんどん圧《お》し潰《つぶ》されていく。いったいどんなパワーが荒れ狂っているのか、踏切のときとは比較にならない――。

（こ、これは――）

わたしは周囲を見回す。しかし他のところに破壊の様子はない。遠くから弾丸のようなものを撃ち込まれたとしたら、その軌道も破壊されているはず――だがそれがない。ピンポイントで、わたしたちがいた場所を、的確に狙った――としか思えない。そして、あの一撃だけだ。二度目は来ていない。

（い、いったい――どう考えたら――）

わたしが混乱の極みにある中、マロゥボーンに抱えられたパニックキュートが、がくがく、と震えて、小声で、

「――た、たすけ、たすけて――」

と、確かにそう言った。え、と顔を見ると、もう自信満々のそれに戻っていて、

「やれやれ――見境がない、と言っていたのは正しかったようだな。これは対応しきれない」

と言った。あまりにも口調が変わっていた。

（い、今のは――身体を乗っ取られている江成泰葉の、声……？）

彼女が、一瞬だけ表に出てこられたのか。しかしもう主導権は取り返されてしまった。この乱れが意味するものはなんなのか。

わたしはパニックキュートに、おずおずと、

「あの……いつまで飛んでるの？」

と訊いた。とっくに攻撃された地点からは遠く離れて、今やわたしたちは街の上を飛んでいた。逃げ出すにしても、そろそろ下りた方がいいのではないか。だがこのわたしの問いを無視して、

「戦略を変える必要があるよね――ブギーポップを追いかけるのは、もう限界かも知れない。逆に向こうから、こっちに来てもらうようにすべきか」

と、状況とはかなりズレたことを言い出した。

「え？」

「ブギーポップが〝その人がいちばん美しいときに殺す〟ということに、真に執着しているのだとしたら――〝餌《えさ》〟を用意してやれば、ヤツはそれに食いついてくるだろう」

そう言いながら、パニックキュートはサングラス越しにわたしを見つめてくる。

「……え」

わたしは嫌な予感がした。いや、もはやそれは予感ではなかった。ずっとそのことをうすうす勘づいていて、とうとう歴然と露《あら》わになった、ということでしかなかった。

「なあ、末真博士――君は自分の人生で、どういうときになったらいちばん美しいと思う？」

パニックキュートは静かな声でそう訊いてきた。

空を飛んでいるわたしたちの周囲では、風が轟々《ごうごう》と荒れ狂っている――。

＊

破壊されたシャッター商店街には、静寂が落ちていた。空っぽだった店舗が五つほどぐしゃぐしゃになっていたが、もともと電気さえ通っていなかったのか、火災にもならずに広がった粉塵《ふんじん》がゆっくりと落ちていくだけだった。通りに飛び出してくる人もいない。

「――――」

その中心で、ねじ曲がった鉄骨や折れた木材に全身を串刺しにされて、挟まれて、ポリモーグが無残な姿で吊《つ》るされていた。もはや微動だにしない、と思われたその唇が、かすかに痙攣《けいれん》してから、

「——がほっ……」

と、そこから空気が漏れ出した。さらにびくびくと引き攣《ひつ》りながら、がくりと落ちていた首がゆっくりと上がっていく。

「……ぐ、ぐぐ……」

その首には見るに耐えない大きな傷がばっくり開いているが、しかし……そこではもう治癒が始まっていた。激しかった出血がだんだん弱まっていき、薄皮が損傷部を覆いかけている。

伊達《だて》に、危険地域に派遣されてきた訳ではない——合成人間ポリモーグは、おそるべき肉体の強度と再生能力を有する特別な存在だった。

だがそれでも、さすがに攻撃を受けた直後ではまともに動くことはできない。回復するのに時間がかかる。

そして——そんな彼女の前に、ひとつの人影が立った。

「…………」

その男は、左右の眼の色が微妙に違っていた。

「う……」

ポリモーグは男を焦点の合わない眼で見る。男は冷ややかな調子で、

「限界だな……もはや手遅れか」

と呟いた。

Panel
4
― 落差の美 ―

『死神が現れるとき、音楽が鳴るという。
その音を綺麗と思わなかったら、
死神は別の相手を狙っているので、
その人の前には来ない。
逆に美しく感じたら、もう逃れるすべは何もない』

――ブギーポップの伝説より

……その男が突然に目の前に現れたとき、少年は驚かなかった。穏やかな笑みを浮かべて、と言った。

「やあ、オキシジェン――来ると思ったよ」

来訪者の方も、特に挨拶もせずに、ぼそぼそと、

「困ったことを……してくれたな、パニックキュート……」

「まあ……責められても仕方がないとは思うけど……でも、君だってそれは承知の上だろう。いずれはこうなると――わかっていて、僕に協力を求めたんだろう。あのとき、君はひと思いに僕という異物を排除してもよかったんだ。でも、君は――」

周辺には、かすかに血の臭いが漂っている。霧のようになって、微細な出血が飛び散っている。

「……今となっては、どちらが悪いと言っても仕方がない……問題なのは、今後だ……おまえとはもはや関係のない……世界の話だ……」

「そうだね……残念だね」

少年はそう言いつつ、顔には優しい微笑が浮かんでいる。

「なあ、オキシジェン——実際のところ、君はどう思っていたんだ、僕のことを」

「………」

「運命の糸が視える君からしたら、僕の言う〝美しい世界のあり方〟なんてものはタチの悪い冗談にしか思えなかっただろう。それでもなお、僕を見逃していたのはなぜだい？」

「………」

「答えないのは、優しさか、それとも同情かな？　君みたいな人でも、そういう配慮をするのかい。許しがたいね……」

「しょせんは……相容れなかった……そういうことだ……おまえと……おまえが視ている世界は……決して交わらない……おまえの中にしかない……美しい世界だ……」

「そんなものはどこにもなかった、と言いたいのかい」

「いいや……ただ」

ここで来訪者は、少しだけ突き放した調子で、

「ただ……特別なものではない……世界中の人間たちと……何ら変わらない……ありふれた認識でしかない……そういうことだ……それがおまえたち……帝王になろうとする者たちの……限界だ……」

と告げた。

周囲には、血の臭いが漂っている……。

1.

区の境を横切るその大吊《つ》り橋《ばし》は、周囲の街の規模にしては不釣り合いなほどに大きかった。長さは三百メートル近くあるが、その下を流れている川はひどく貧弱だ。だが過去に何度も大洪水に見舞われていることから、大きく取られた河《か》川敷《せんじき》地によって、それをまたがる必要性からこれだけの大きさになっている。山や谷が重なった険しい地形もあって、橋から川の水面までの距離も相当にあり、最大で四十メートルにもなる。あるいは公的事業として資金を無駄に投入させるために、必要以上の規模で強引に建設されたと言えなくもない。

遠くから見る分にはかなりの絶景で、美しい姿をしているが、しかし車の通行量も激しい上に、橋桁《はしげた》そのものの長さも相俟《あいま》って、強風が吹くと揺れることから、通るときにはあまり爽快な気分になることはない。そのため地元の者はここを〝ブランコ橋〟と呼ぶ。遊具のようなかわいい名前だが、歩いて渡ろうという者はほぼいない。夜になると主塔やケーブルに設置されたライトによって綺麗に彩られるが、その間隔が広めでスカスカなので、むしろ頼りない印象がより強くなる。

都心と都心の間に位置していて、様々な運搬のルートが通っているので、昼夜問わずに車はひっきりなしに行き交っている。各種のバスも多く、常に大勢の人々で埋まっている橋であった。

そこに、今——合成人間マロゥボーンが、二人の少女を抱えたまま飛来してきた。高層ビルを何の支えもなく強襲してきた彼にとって、夜空はその活動範囲の中にあった。

彼は音もなく、橋を支えるふたつの主塔のうちのひとつ、その頂点に降り立った。作業員用の出入り口さえも遙か下にしかない、そこはほとんど人が立ち入らない空間だった。

マロゥボーンが腕から力を抜くと、少女たちは解放されて、その小さくて囲いもない足場に放り出された。

パニックキュートに取り憑かれている江成泰葉の身体は、特に乱れることもなくそこに立ったままだったが、もう一人——末真和子の方はそうはいかなかった。彼女は大きく身を屈《かが》めて、床面に手をつこうとして、しかし支えるほどの安定はどこからも得られないことがわかって、がくがくと震えて、そして——気がつく。

風を感じない。

こんな高い吹きさらしの剝き出しの場所にいるのに、そこには何の空気の流れも感じない。これは——。

「そう、マロゥボーンの能力で、ここには空気の壁を作って、囲んでいる。だから転んでも平気だよ、末真博士」

パニックキュートの穏やかな声に、末真は震えながら顔を向けた。

「う……」

彼女の顔は真っ青になっているが、それも寒くて震えているのではなく、戦慄と恐怖によって血の気が引いているためだった。飛行している最中も、空気抵抗による衝撃はいっさい受けていない。大気の流れを自在に操れる能力――その恐るべき精度と威力を、彼女はまざまざと思い知らされていた。

「ど――どういうつもり……？」

彼女がかすれ声でそう訊ねると、パニックキュートは笑いながら、

「なあ、末真博士――君の人生では、どうすれば〝いちばん美しく輝く〟ことができると思うね？」

＊

「…………」

わたしが何も言えないでいると、

「末真博士、君は『ファウスト』を知っているか？」

パニックキュートは唐突に、そう訊いてきた。

わたしはまだ動揺が収まっていなかった。歯の根が合わない。油断するとすぐにがたがたと震えだしてしまいそうになる。しかし、ここで恐怖に駆られて悲鳴を上げても、事態は絶対に好転なんかしないことだけは、これだけは嫌でもわかった。限界をとっくに超えていたが、それでもわたしは、まだ、

「……ゲーテの戯曲だったら、ちゃんと読んだことはないわ。わたしだって女子高生よ。古典名作までいちいちフォローできてるはずないでしょ」

と強がって言った。そうするしかない。このわたしの虚勢を見抜いているはずのパニックキュートは、やはりそのことには触れずに、会話を進めることを選ぶ。

「しかし、どういう物語かは知っているわけだ。悪魔メフィストフェレスの誘惑にファウスト博士が翻弄され、ついには言ってはならない言葉――〝時よ停まれ、おまえは美しい〟と洩《も》らしてしまって、魂を奪われてしまう話だと」

「いや、たしか最後は神様に助けてもらって、悪魔は失敗するんじゃなかったっけ？」

「やっぱり詳しいじゃないか――しかしそれはいかにも〝取って付けたよう〟じゃないか。作者の迷いと読者大衆への迎合を感じないか？」

「だから読んでいないって――何が言いたいの？」

「なあ、末真博士――僕は君のメフィストフェレスになろうじゃないか。君に〝人生最高の充実〟を与えるから、代わりに人生で最も美しい瞬間を味わってくれ」

とうとう、はっきりと口にした。こいつがわたしに何を望んでいるのか、ついに明確になった。

こいつにとって人が人生で最も美しくなる瞬間とは、すなわちその人をブギーポップが殺しに来るとき、という意味なのだ。

つまり、ブギーポップを誘い出すための囮《おとり》として、わたしを使う……そう宣言したのである。

「わたし、かなりへそ曲がりだから――そうそう満足しないと思うけど……」

一応、そう言ってはぐらかす努力はしてみる。しかし、

「いやいや、僕を侮らないでほしいね。こう見えても、僕は世界を支配している統和機構の中でも、トップとほぼ同等の地位に君臨しているんだぜ？」

と、あっさり言下に否定される。わたしは苛立ちがこみ上げてきて、やや感情的に言う。

「じゃあ、わたしに満足するように命令したらいいじゃないの。それでどうなるかは知らないけど」

やけくそである。もうどうにでもなれ、という気持ちになっていた。これにもパニックキュートは穏やかに返す。

「そうだね、それではブギーポップがどう判断するかわからない。残念ながら、どんな帝王でも、人間の心の中だけは支配しきれない。どんなに忠誠を誓わせて、利益を与えて、洗脳したとしても、それでも――どうなるかはすべて、その人次第になってしまう。満足しているかど

うか、それを他人が完全に決定することはできない。それでも——」

ここでまた、にやりと笑った。

「君のように、人生を自分の意思で制御してきた人間の場合、かなり容易にそれを誘導することが可能なんだ」

「へえ、そうなの？　自分でも、自分の願いがよくわからないのに」

「いいや、君はいつだって、みんなに貸しを作りたくない、借りを返したい、と思っている——無自覚で無節操なヤツだったら気にもしないようなことを、君は気にしている。自分はどうして生きているのか、それを不思議がっている。どうして自分なのか、他の人ではないのか。誰かの犠牲の上に自分がいるということに、君はいつだって居心地の悪い想《おも》いを抱え込んでいるんだよ。どうだい、間違ってるかな」

「…………」

「さあ、今こそその借りを返すときだ。君の決断と行動次第で、大勢の罪もない人々が救われるんだよ」

「…………」

わたしは足下を見る。乗っている吊り橋主塔の最上部スペースはごく小さい。三人もいればほとんど埋まっているような状態だ。

そして、その遙か下には、大勢の人々を乗せた車がひっきりなしで行き交っている。すでに陽《ひ》が落ちかけているのだが、それで交通量が落ちる様子もない。

大勢の、罪もない人々が……今、パニックキュートは確かにそう言った――。

「――どういう意味？」

わたしは、そう訊いてみた。しかしパニックキュートはこれには即答せず、代わりに背後のマロウボーンに向かって、ぱちん、と指を鳴らした。

異変が始まった。

2.

ふだんからその吊り橋はグラグラ大橋などと呼ばれているくらいに、車で走っていると、宙に浮いてるような不安定感がつきまとっていた。

しかしそのときは、さすがに――度を超していた。

（あれ――）

運転していた者全員が、瞬時にその異常に気づいた。

音が消えたからだ。そして――車内にあるすべてのものがいっせいに、ふわり、と浮き上がった。そして車内なのに、とんでもない強風がドライバーたちを襲った。

「――っ?!」

吊り橋周辺の空気が、とてつもない規模で操作されていた。それは高速で疾走していた車という車をすべて、同時に停めてしまった。車体を持ち上げて、タイヤを空転させ、エンジン内部の火を消して、前進していた勢いさえも強風で制動させた。あまりの空気抵抗摩擦で、車体は一瞬で触れないほどの高温となった。

橋の上を通過しようとしていた数百台の車両——そのすべてが一瞬で動かなくなった。

そして……

(……あ)

(……ああ……)

(……ああ、い……)

(……い、息が……)

(……息が……できない……)

車内に閉じ込められた人々から、正常な呼吸が奪われていた。空気の流れがおかしくなっていた。

いったん持ち上げられていた車両が、ごとん、と路面に落ちた。その音の響きもおかしく、海底のように鈍く伝わっていく。

群衆と言ってもいい大勢の者たちが、何が起こったのかもわからないうちに、完全に無力化されて、制圧されて、そして……断頭台に乗せられていた。生殺与奪の権利を奪われてしまっていた。

自分ではない、他の誰かにいつ〝死ね〟と命じられても逆らえない、絶対的な支配下に置かれてしまっていた。

＊

「な……」

わたしが見ている前で、それはあっさりと実行されてしまっていた。眼下で起こっていることは遠目にしか見えなかったが、しかしそれでも、停まってしまった車の中で人々がどうなっているのか、想像するのは容易だった。

（こ、こんなことまでできるの……？）

わたしが戦慄とともに二人を振り返ると、彼らはもうわたしの横にはいなかった。

足場から離れて、空中に浮かんでいた。マロゥボーンが支えることもなく、パニックキュートも何もない空虚の上に立っている。どうやら透明の板を、空気の塊で成形しているようだった。

「どうだね、末真博士――」

「い、いったい――なんのつもり？　はやくあの人たちを助けてあげて！」

わたしが叫ぶと、パニックキュートはゆっくりと首を振って、

「足りないね」

と言った。わたしが身体を強張らせると、さらに、

「僕に頼むだけでは、とても足りないよ――君にできることはそれだけなのかい？」

「な、なんのこと？」

「なあ、末真博士――今、ここにいるのは僕らと君だけだ。事態を把握している者は他には誰もいない。つまり――なんとかしたいのなら、君がどうにかするしかないんだ」

「………」

「彼らの生命《いのち》は今や、風前《ふうぜん》の灯火《ともしび》だ――僕にとってはどうでもいいものだが、君にとってはどうなんだろうな。またしても、自分の周囲で大勢の犠牲者が出て、自分だけが助かることになるんだが」

「………」

「さあ、どうすればいいと思う？　そのご自慢の知性で、この状況をどう切り抜ける？」

パニックキュートの声には挑発的な響きはない。あくまでも落ち着いていて、目的を遂行しているだけという冷たさがあった。

「……わたしに、ブギーポップを呼べ、っていうのね……」

「そうだね、そうすれば少なくとも、僕がこの状態をマロゥボーンに維持させる必要はなくな

るね。そのためにはどうすればいいと思う？」

「…………」

わたしは虚空に立っているパニックキュートを睨みつける。

「これが……こんなことが、あんたは美しいって、本気で思っているの？」

「ふむ？」

「こういうことを重ねていって、その果てに待っているものがなんなのか、そんなこともわからないで――こんないびつなゴリ押しでどうにかなるような世界を創り上げていって――その先に待つ未来が、美しくなる可能性なんてこれっぽっちもないわ……！」

「ふむ、もっともらしい言葉だが、残念ながらそういうのを〝きれいごと〟っていうんだ。ある意味で研ぎ澄まされた美からはもっとも遠い、建前だけの薄っぺらな姿勢だ」

「だから、あんたが吹き飛ばしてもかまわない、って？　冗談じゃないわ……！」

「だから、そうやってそこでご託を並べていても、別に事態は進展しないよ。君が喚いている間にも、下では罪もない人々が窒息しかけているんだぜ？　行動に移らないと、きっと君の人生でいちばんの頂点に達することはできないよ。さあ、勇気を振り絞って――その生命を輝かせるんだよ」

パニックキュートは両手を広げてみせる。招いている。

無防備な姿勢をさらけ出している。マロゥボーンも、少し離れた位置から動かず、わたしたちの対話を見ているだけだ。

（わかっている――）

パニックキュートのいる位置まで、わたしは行かなければならない。

何もないようにしか見えない、空中の透明な足場の上を歩いて、そこまで辿《たど》り着《つ》かなければならない。わたしが勇気を振り絞って、そこまで行くことができるか、大勢の人たちの生命を助けるために、奈落の底に落ちる危険も、自分の視覚さえも顧みずに、あるかどうかもわからない道を進んでいかなければならない。

「…………」

わたしは一歩めを踏み出した。まったく見えないが、確かに靴底がなにかに触れて、そして支えた。二歩めを踏み出したら、もう完全に空中に立つことになる。

「うう……」

わたしは震えている。落ち着け、なんて自分に言い聞かせても、きっと無駄だ。震えるならもう震えっぱなしでいい。そういうものだと割り切って、落ちるなら落ちると開き直るしかない。

（わかっている――）

わたしは進んでいく。自分が何に向かっているのか、もう理解していた。この段階で、わたしは確信していた。

（そう――これは全部、わたしのせい……）

　自分ではそんなつもりはなかった、と言い訳したいところだが、でもできない。何よりわたし自身がそれが事実だと思ってしまっている。

　そう……まさしく〝どんなに強大な帝王でも、人の心の中だけは完全に支配することができない〟のだ。わたしの、この罪悪感を否定することは、わたしにさえ不可能なのだった。

　見えない足場の上を、わたしは焦るよりも苛立ちながら進んでいく。足並みはがたがたで、ふつうに歩いているよりも左右に揺れまくったが、それでも強引に、足を前に出していく。

　嫌でも下が見える。空っぽの虚無がわたしを引きずり込むような感覚がする。

（いや……きっとそれは、どこでも同じ……たとえふつうの道を歩いていても、いつ足下が崩れるかは、実は誰もわかっていない……何もないように見えるところに道があるように、絶対に安全だと思い込んでいるところにだって、落とし穴はいつだって潜んでいるんだわ……）

　わたしがなんとか進んでいるのを見て、パニックキュートは、

「まあ、ここまではいいか……じゃあ、そろそろ音を戻すよ」

と言った。するとそのとたん、それまで静寂に包まれていた周囲が、本来の音響を回復させた。

　凄まじい風の音が、周囲で荒れ狂っている。吊り橋の上の、吹きさらしの高所の強風がそのカミソリのような鋭さを露わにして、わたしの耳をつんざく。

「……ううっ！」

思わず奥歯を嚙《か》みしめる。口の中で血の味がする。ほっぺの裏側を嚙んでしまったらしいが、その痛みさえよくわからないほどに震えている。

衝撃は音だけだ。風の勢いはわたしの身体に当たらない。もしそれがあったら、一瞬で吹っ飛ばされて、真っ逆さまに落ちるだろう。

わたしの恐怖の様子を、パニックキュートは冷ややかな顔で見つめている。わたしが追い詰められている様を観察している。

（ちくしょう……この野郎……くそったれ……！）

心の中で、わたしはありったけの罵倒《ばとう》を叫んでいたが、言葉に出すにはあまりにも昏が強張っていて、もごもごとした呻きにしかなっていなかった。

（ええい、この……情けないヤツめ、末真和子……！）

いつのまにか、わたしはわたし自身を叱《しか》りつけていた。そして——とうとうパニックキュートのすぐ前にまで辿り着いた。

がっ、とその肩を摑んで、きっ、と睨みつける。

しかしパニックキュートの方は、もうわたしの方を見ておらず、周囲をきょろきょろと見回していた。そしてつまらなさそうに、

「うーん……来ないなあ、ブギーポップ」

と唇を尖らせて、言った。

「せっかく末真博士が、人生で最大の勇気を振り絞って、充分に最高の意志の美しさを表現できたというのに……殺しに来ないな。うーん、当てが外れたな」

ちぇっ、と舌打ちして、やれやれと手を広げる。すると足の下から、大きなざわめきが響いてきた。どうやら人々が拘束から解放されたらしい。エンジンの止まった車から出てくる人たちが上げる様々な声が混じり合って、異様な騒音になっていた。助かったという喜びはそこにはなく、ただただ混迷だけがあった。

「…………」

そしてわたしも一切、安堵《あんど》していない。まだ早い。

「まあ、仕方ないね。次に行こうか、次に。今度はもっとうまくやろう――」

そう言いかけたパニックキュートに、わたしは、

「いいえ――それはない」

と告げる。

「え？」

「おまえにもう〝次〟はない――ここで終わり。パニックキュートの旅は、ここが終点で、もう先はない」

3.

末真和子の言葉に、彼は、

「……なんだと？」

と思わず聞き返した。しかし彼女はこれには反応せず、

「最初から、なにかおかしいとは思っていた……でも、さっきの言葉で、疑惑が確信に変わった。おまえは、実は——世界を美しいと感じる気持ちなんて、これっぽっちも持っていない」

と断言する。

「——おい」

「当然、醜いということもわからない。だからおまえには、世界の歪みを感じ取ることもできない。何もわからないし、何も察することができない——それでも無理にやろうとするから、こんなことになる……」

末真の声は落ち着いていて、今の今まで奥歯をがたがた鳴らして怯《おび》えていた様子は微塵も残っていない。確信に満ちていて、揺らぎはない。

「おいおい、いったいどうしたんだい？　ちょっと脅かしすぎておかしくなったかな？」

彼がおどけたように言っても、彼女は応じずに、

「だいたい、ブギーポップがどうしたという話さえも、本当はどうでもいいとしか思っていない。実在を信じるとか信じないとか、そういう次元でさえない。きっと――ただ、話を聞いていただけ。前に聞いたことがあったから――それにすがっただけ――何でもよかった。ただ、関係することに関わっていただけ」

と、淡々とした口調で言う。

「なんのことだ？　いったい何をさっきから言っている？　君は、このパニックキュートを――」

言いかけた彼の言葉を、末真は強い調子で遮った。

「そんなものはいない！　パニックキュートなどというヤツは、ここにはいない！　いるのはわたしと、江成泰葉と、そして――おまえだけだ！」

彼女は、きっ、と視線を向けた。

ずっと、近くから傍観していたマロゥボーンを。

「――――」

彼は息をのんで、彼女の視線を真っ向から受けた。思わず、反射的にうつむいてしまう。それから、ぎくしゃくと、

「……な、なんの……」

と言いかけたところで、末真は彼女の前にいる少女の顔から、掛けられていたサングラスを

むしり取った。

その下にあった眼が、露わになる。

それはびくんびくんと引き攣るように、右に左に動いている……足掻《あが》いている。

「やっぱり——顔の表情は口の中からでも制御できるし、声も出せるけど——眼球は肉体に埋没している部分が多すぎて、空気の操作だけではコントロールしきれなかったわね」

「う……」

「精神を乗っ取ってなんかいなかった。ただ外側から強引に動かしていただけ——それを隠すために、サングラスを掛けさせていたんだわ」

「うう……」

「そもそも、最初の時から変だと思っていた……夜だったのに、高層ビルをおまえが襲ったときに、なんでサングラスを掛けているのか不思議だった。不自然だった……でも、今ならわかる。それはいざというときに、パニックキュートを偽装するため、誰かを操って代わりにするときのための下準備——二人が並んでサングラスを掛けていれば、それで奇妙さが隠せるから——」

彼女はサングラスを畳んで、自分のポケットにしまった。

「でも、本当に隠したい相手は、わたしじゃない。そもそも他の人間たちがどう思おうが、関係ない——パニックキュートが生きて、動いているように見せたい相手は、わたしたちじゃない——それはマロゥボーン、おまえ自身だったんだわ。おまえは、決して受け入れられない事実を消すために、現実をねじ曲げるために、わたしたちみんなを利用して、おろおろしている様子を見て、自分にこう言い聞かせていた——」

〝ほら、こいつらはこんなに動揺している。パニックキュートはやっぱり存在している〟

「——って。でもそれは現実ではない。おまえが無理矢理に世界に投影している蜃気楼《しんきろう》に過ぎない——あの踏切のときも、占い師のときも、襲撃者などいなかった。マロゥボーン——おまえの空気を操る能力で、すべてを偽装していただけだった」

「うう……ぐぐ……」

「わたしは、それなりに精神の構造についての文献を調べてきた。だからおまえの〝症例〟については推測がつくわ。おまえは典型的な〝多重人格〟——自分にとって都合の悪いことを隠したいために、別の人格を創作してしまっているのよ。それがパニックキュート——おまえが心の中ででっち上げた、理想のご主人様の、その出来損ないのコピー——」

「ぐぐ——ぐおおおおっ！」

彼は絶叫した。大声を上げて、末真和子の言葉がこれ以上は耳に入らないようにしているかのようだった。

＊

「ああっ……！」

わたしが肩を摑んでいた江成泰葉の身体が、大きく傾いた。その喉からかすれた悲鳴が漏れ出した。

「支配が解けたね――逃げるよ！」

わたしは彼女の手を乱暴に摑んで、引っ張って走り出した。見えない道も、いつ解除されてしまうかわからない。一刻も早く実体ある足場に辿り着かなければ――それに、きっともう、

（近くまで来ているはず――）

わたしがそう思ったときには、もう状況が動いていた。

背後から、異様な雄叫《おたけ》びが響いてくる。迫ってくる。マロゥボーンがこっちに向かってくる。

彼が今、どういう精神状態なのかはまったく不明だ。攻撃してくるのか、それともわたしたち二人とも再び操るつもりなのか――だが、そのことを確認する必要はなかった。その前に――いた。

わたしたちが逃げようとしている、その吊り橋主塔のてっぺんの、わずかな足場に――いつのまにか立っている。

大きな男の人が、こっちを見ている。その左右の眼の色が微妙に違っているのが、わたしにはすぐにわかった。暗くて遠かったのに、なぜかわかっていた。

「——マロゥボーン！」

男の人はいきなり怒鳴った。その声そのものが武器であるかのような、そういう声だった。背後から迫ってきていた気配が、すっ、と消えた。そして……足ががくん、と空を蹴った。足場がなくなっていた。

（あっ——）

とわたしと泰葉は宙に投げ出される——と思った瞬間、男の人の大きな手が伸びてきて、わたしたち二人を同時に掴んでいた。足場から飛び出していた彼は、わたしたちを抱えたまま、橋が吊るしているワイヤーの上に着地すると、そのままそれを蹴って、主塔中間部の鉄骨に飛び込んだ——のだろう、たぶん。気がついたら、そこにいたから、そういうことだったのだろう。時間にして、一秒もなく、わたしたちは斜めになっている鉄骨の上に、並んで座っていた。

一瞬で、あっというまに——助けられていた。

「末真和子さん、ですね」

男の人はわたしに話しかけてきた。やはり、左右の眼の色が違っている。

「私はカレイドスコープといいます。統和機構のメンバーで、ずっとマロゥボーンを追いかけていました」

「は、はあ――彼は……」

「逃げました。私を見た瞬間に」

「追わなくて……いいんですか」

「そうですね……いや」

カレイドスコープは、わたしのことをじっ、と見つめてきて、

「あの……変なことを訊きますが、以前にお会いしたことがありませんでしたか？」

と言ってきた。わたしはこれに、言葉に詰まる。

確かに……わたしの方も、そんな気がしていたからだった。わたしたちは初対面ではないような気がする。以前にもこうして、顔をつきあわせて何か話し合ったような……そんな気がする。いや、記憶にはないんだけれど、全く覚えはないんだけど、でもどうしてか互いを知っているような――。

「ええと――」

わたしが悩んでいると、私が手を摑んだままだった泰葉が、いきなりわたしにしがみついてきた。やっと動けるようになって、改めて恐怖がこみ上げてきたらしい。

「う、ううう……」

そんな彼女に、カレイドスコープが穏やかな調子で、

「大丈夫だ〈グリマー・グリッター〉よ。おまえの兄との間で、話はすでについている。統和

機構はおまえたち兄妹をこれからも受け入れる。パニックキュートの警告は無効だ」

と言った。泰葉はその言葉を聞いているのかいないのか、ただただ震えながらわたしに抱きついて、離れようとしない。わたしはそんな彼女の背中をなでて落ち着かせようとしつつ、訊く。


「あの……カレイドスコープさん」

「なんでしょうか？」

「パニックキュートは実在していたんですか？　彼の妄想だけではなく？」

「本物のパニックキュートは、半年前に死にました。あいつはその警護役だったんです」

「死んだ……？」

「病死です。もともと身体の弱い人だったので。だがヤツは、マロゥボーンはそれを受け入れることができなかった――」

「…………」

そのとき――錯覚だったのかも知れないけれど、吹きすさぶ強風に混じって、わたしの耳に不思議なものが聞こえてきた。


ふぃー……ふぃふぃ……

それはあの、マロゥボーンが空気攻撃をする前兆音とちょっとだけ似ていたが、でも明らかに違っていた。

口笛みたいな、というよりもはっきりと口笛で、しかもその曲はなぜか、ワーグナー作曲の〈ニュルンベルクのマイスタージンガー〉第一幕への前奏曲なのだった

4.

今もマロゥボーンの頭の中では、パニックキュートが言っていた言葉が響いている。

〝君だって、君の心の中の帝国の支配者になれるんだよ〟

それは少し甲高い響きで、少年のような外見をした彼にとてもよく似合っているボーイソプラノだった。

〝人間には自由はない。みんな、がんじがらめに縛られている。だからその中で美しさを求めるんだ〟

マロゥボーンは、あまりにも強力すぎる能力に振り回されて、統和機構の中で孤立していた。フォルテッシモや雨宮《あまみや》姉妹のような、超絶圧倒的な戦闘力には及ばないが、といって他の者たちとの連携を取るにはバランスが悪く、中途半端で危険な単独任務で、いつか犬死にするしかないような立場にあった。

そんな中、彼はパニックキュートの警備を任された。脆弱《ぜいじゃく》な少年が、反乱分子の近くまで移動して確認することを主張したためだった。

初めて出会ったときから、少年は彼を魅了した。力がすべてだ、もっともっと強くならねばと思っていた彼に、少年は美しさで世界を捉えることを説いて、そのプレッシャーを解き放った。

〝君には君の美しさがある。それを守ることが、君が己の帝王となるための第一歩さ〟

彼には感じられないものを感じて、世界を安定に導くパニックキュートは、マロゥボーンにとって救世主そのものだった。彼が言うことは何もかも正しく、彼が不満を漏らすことは悪となった。志願して、専属の警護役となってからは、いつだって彼の側でその声を聞いていた。

彼を守ることこそが生き甲斐《いがい》だった。

(そうだ、それが俺の生き甲斐——俺にとって美しさとは、パニックキュートの意志に従うことだ。それだけだ。そのためだったらどんなことでもする——そう、どんなことでも……)

彼は、あれ、と思った。

いつのまにか、橋の上の空を飛んでいるが……どうしてここにいるんだったか、それが思い出せなかった。頭がぼんやりとしていて、状況を振り返れない。

(なんだったか……確か、俺は命令を受けて……命令……)

〝それなら、新しい仕事を頼みたいんだけど、いいかな〟

〝今回は少しいつもとは様子が違っていて、確実に成果があるかと言われると、はなはだ心許ないんだけどね〟

〝曖昧な話なんだ〟

〝死神なんだよ〟

そうだ——彼は思い出す。

自分はここに、死神を探しに来たんだった。そのために博士を利用して——博士って誰だったっけ？

（いや、きっとそんなことはどうでもいいことだろう。そう、今の俺にとって重要なのは、命令を守ることだ）

死神を探さなければならない。見つけ出して、パニックキュートに敵対する者かどうか見定めなければならない。

だが——曖昧だというのなら、もしかしたら見つからないかも知れない。

（もし——俺が見つけることができなかったら——）

世界中を探し回っても、そいつを捉えることができなかったら——どうする？

（どうする——いや、何も考えることはない。命令を守るだけだ。どこまでも探し続けて、怪しい連中を攻撃して、みんなを脅し続けて、そこからあぶり出す以外に道などない——そうとも、いるかいないかなど、些細なことだ——重要なのは、俺がパニックキュートの命令に従っているということ……それだけだ。それだけが問題であり、他のことなど……他の連中のことなど……他の……すべての世界のことなど、どうでもいいのだ……！）

新しい命令が下されない限り、彼はずっと死神を追い続けて、それを見つけるまでは──そう、

（全世界を敵に回しても、いっこうにかまわない──！）

彼が心の中で、高らかにそう宣言したときに──どこからともなく、それは聞こえてきた。


ふぃー……ふぃふぃ……


その口笛の音は、強風が荒れ狂っている吹きさらしの高所にあって、なお鮮明に彼の耳に届いた。

彼に聞かせるために奏でているから、とでもいうかのように。

「……！」

彼はきっ、とその音がする方に顔を向けた。それは吊り橋と地上とをつないでいる、その境界線上の空中に張られたワイヤーの上にいた。

人には見えなかった。ワイヤーの一部が変形して、そこから筒状のものが突き出しているようにも見えた。

黒い帽子に、黒いマントに包まれて、白い顔には黒いルージュが引かれていて、そして……左右非対称の奇妙な表情を浮かべて、彼のことを見つめてくる。

（………）

彼は、なんだか違和感を覚えた。彼の方は、たった今、そいつのことに気がついたのだが、向こうの方はずっと彼のことを見ていたのではないか、そんな感覚があった。

「やあ——マロゥボーンくん」

そいつは妙になれなれしい口調で、空中の彼に話しかけてきた。強風に煽《あお》られて、マントが大きくたなびいているが、そいつ自身はワイヤーの上に固定されているかのように、びくともしない。帽子も飛ばない。超自然的な力が働いているような、しかしぎりぎりで物理法則に従っているような、なんとも曖昧な様子だった。

「……なんだ、貴様は？」

知らない顔だが、統和機構のメンバーだろうか？　やけに堂々としていて、物怖じする感じがない。誰に対してもぶしつけ、そういう印象がある。

「変なことを訊くね。君はもう、ぼくのことを知っているはずだ」

そいつの声は女の子のようで、男の子のようで、そのどちらともつかないような、なんとも言いがたい無性的な声だった。そういう声を、彼はもちろん知っている。そう、パニックキュートの声によく似ている……。

「おまえ、は……まさか……」

彼がおそるおそる訊ねると、黒帽子はちょい、と眉を片方上げて、

「そうだね、ぼくがブギーポップだね」

と言った。いともあっさりと、なにもかもどうでもいいというような、実に軽い口調だった。

「お、おまえが……ブギーポップ？」

彼は戸惑いを隠しきれない。それはあまりにも、あっけらかんとした態度でそこにいる。これまでの苦労とか、試行錯誤とか、努力とか失敗とか、そういうあらゆる紆余《うよ》曲折《きょくせつ》をすべて無効化するように、いとも簡単に立っている。

「し、死神なのか……おまえが？」

「さて、それはどうだろうね。そういうことは、しょせんは相手次第のことなんじゃないかな。ぼくは自動的だから、自分では何も言わないよ」

そいつはなんとも曖昧な言い方をする。しかしその次に、

「そうだね……ひとつだけ言えるのは、君にとってのぼくは〝パニックキュートを殺したヤツ〟ということだね」

と言った。

「…………」

マロゥボーンは絶句した。なにかが、心の中からすっぽりと落ちる感覚があった。

それまで精神を覆っていた霧が、一瞬にして晴れてしまったような、そんな感覚があった。

「……今、なんと言った？」

「パニックキュートが死んでいることは、君だって知っている……そして、その原因がなんなのか、今、ここで判明した。そうだ——ぼくが殺したんだよ」

「…………」

マロゥボーンはこれまで、ひどく冷たい世界の中にいたことを、ここでやっと自覚した。そうだ。ずっと寒かった。芯《しん》から冷え切っていて、そのことを自覚することさえできなかった。だが……その冷たさを思い出した。自分が突き落とされた絶望を、そこから目を背けていた悲しさを、彼は今取り戻したのだった。

「そうか……そうだったのか……」

彼は、いつの間にか泣いていた。涙が後から後から流れ出て、顔が濡《ぬ》れて、サングラスがずれて、そして下に落ちていった。

「それで、俺は……だから、あの人は、おまえを……」

「君がぼくを探していた理由が、わかったかい？」

ブギーポップはずっと、マロゥボーンのことをまっすぐに見つめ続けている。

その視線を、マロゥボーンは剝き出しになった眼で、真っ向から睨み返した。

そして——向かっていった。

喉から何かが吐き出されていた。絶叫というにはあまりにも不鮮明で、ただ内部に溜まりに溜まっていた抑圧が一気に噴出しただけの、それは爆発にも似た破裂音だった。その轟音《ごうおん》とともに突っ込んでくる彼の周囲には、もはや空気の塊とは思えぬほどに硬化されて、はっきりと眼にも見えるほどに尖った巨大な鉤爪《かぎづめ》が無数に突き出していた。金属を引き裂き、コンクリートを粉々にする戦闘用合成人間の、全開の攻撃態勢だった。

「――――」

ブギーポップは、それをぼんやりと見ている。動かず、接近を待ち受ける。

刹那《せつな》――両者の影が重なり、そして離れていく。

ワイヤー上の筒状の影から、獰猛《どうもう》な怪物状の影が、突進してきた勢いのままに離脱していく――そして、次の瞬間、それらはバラバラになっていた。

見えなかった牙が見えるようになったとき、それはさらに見えづらい、さながら糸のような細い細い刃に切り裂かれて、空中で解体されていた。

無数の破片となって、その一瞬前まで生命だったものは、橋の下に流れる川の水面へと、吸い込まれるようにして没していった。

5.

「あっ——」

鉄骨部から下りている途中で、カレイドスコープが声を漏らした。

「どうしたんですか？」

と私が訊くと、彼は顔を固くして、

「今——マロゥボーンが死にました」

と言った。

「え？」

「彼の血の臭いがして——そして、水に落ちました。どうやら空中で、自らの身体を能力でバラバラに粉砕したらしい……自決でしょう」

カレイドスコープの口調は淡々としているが、それが逆に状況の重さを物語っていた。

「……そんなに、驚かないんですね」

わたしがそう訊くと、彼はうなずいて、

「ええ——そうなるかも知れない、と思っていました。彼が現実を受け入れたら、そうなるしかない……パニックキュートに殉じるしかない。そういうヤツだったんです」

「わたしのせい、ですね」

「ああ、いや、そういう訳では――どうせ遅かれ早かれ、ヤツは」

慌ててフォローしようとするカレイドスコープに、わたしは首を横に振って、

「いや、そうじゃないんです――教えたことじゃないんです。そもそも最初から、彼がこの街で本格的にブギーポップを探そう、って思ったのは、わたしと会ったからなんです。彼がまず江成泰征のところへ行って、彼のことを脅したあたりでは、別にそこまで、この土地で本気でブギーポップを探そうとか思っていなかったはずなんです。でも彼は、そこでわたしと会ってしまった――」


〝変わっているな、実に変わっている――〟


あのとき、彼がわたしのことをそう言っていたのを、今でもはっきりと思い出せる。そう、彼はきっと、わたしの中に何かを見つけたのだ。自分にはわからないパニックキュートの願いを、わたしなら理解できるかも、と思ってしまったのだ。

（とんだ勘違いだったわね、マロゥボーン……残念ながら、その逆だったのに。わたしには誰の気持ちも、その本当の心は理解できない……わからないことを知っている、ただそれだけだったのに）

わたしは苦笑しようとしたが、頬が強張っていて、うまく表情をつくれなかった。ぎくしゃくとした歪みが浮かんだだけだった。

「あの日でなかったら、きっと彼は今でも、いもしないブギーポップを探して、全然違う場所に行っていたでしょうね――だから、わたしのせいなんです」

「末真さん……」

カレイドスコープは困った顔になっていたが、すぐに、

「い、いや今はとにかく、ここから動きましょう。いつまでもこんなところにはいられない」

と、彼はわたしたち少女二人を担いで、吊り橋主塔の横を這《は》い下りていく。そして途中で、非常用に設置されていたらしい縄ばしごを取っていく。使わなくても下りているのに、と思ったら、ほぼ橋の路面に到着しそうになったところで、縄ばしごを川の水面の方に下ろした。目をこらすと、そこにはボートが一艘《そう》停まっている。

(ずいぶんと用意がいいけど……)

道路の方ではまだ大騒ぎが続いている。エンジンが停まってしまった車のほとんどはまだ再起動できないようだ。人々が混乱したままで、殺気立った空気が充満している。ここを走っていた車のほとんどは仕事の途中のはずで、その対応だけでも大変なことになっているのは明らかだった。

「しっ――」

カレイドスコープにそう言われるまでもなく、わたしたちもここで見つかったら面倒なことになるのはわかっていた。わたしたちは声を潜めながら、主塔の陰に隠れて水面へと下りていった。

するとボートには、意外な人物が待っていた。

「やっ、博士」

と手をあげてわたしたちを迎えたのは、あの占い師ポリモーグだった。

「あ、あなた――大丈夫だったの？」

「まあ、ひどい有様《ありさま》だけどね」

と、彼女は首を指さした。そこには分厚い包帯が大量に巻かれていて、あちこちに血が滲《にじ》んでいる。

「で、でもよかったわ――わたし、てっきり」

「あー、博士には悪かったわね。死んだふりしてて。さらわれるのが見えてたのに、助けられなくて」

ポリモーグは負傷など感じさせない、実に陽気な調子で言う。

「い、いや、いいよそんなの。ていうか、それどころじゃなかったでしょ――」

「まあまあ博士、それより――そっちの」

とポリモーグは、わたしの隣の泰葉を指さした。

「江成妹を寝かせてやんないと、相当に疲れてるみたいだし」

と彼女の手を取って、船室の方に連れて行った。泰葉も素直に従う。

「彼女、どうなるんですか？」

わたしはカレイドスコープに小声で訊ねた。彼はボートを発進させながら、

「当分は入院して、検査です。マロゥボーンから受けたダメージが蓄積しているでしょうし。しかし、きっと回復しますよ」

「その後は？　さっきは問題ないみたいなことを言ってたけど——」

「心配ですか？　江成兄妹は、あなたを利用しようとしていたんですよ」

「まあ——かも知れないけど。でも……」

わたしは言《い》い淀《よど》む。なんだかあの二人も、わたしの巻き沿いになってしまった犠牲者みたいな感じがしている。でもそれを言っても、相手にうまく通じる気がしない。

「兄の方は今までと変わらない、このあたりの管理を任されるでしょう。しかし妹は、能力がそれなりに優秀であることがわかりましたから、当然、それを活用してもらうことになります」

「活用、って——」

「彼女の能力は〈グリマー・グリッター〉といって、人間の持つ〝他人への影響力〟を読み取れるらしい。つまりは人と人のあいだにある隠された人間関係を察するのが極端にうまい、と

いう才能があるんです。そして、今――統和機構には、裏切り者を探り当てる担当者に欠員がありますす」

彼は静かにそう言った。わたしはため息をついた。

「つまり――パニックキュートの代わりにするんですか、彼女を」

「もちろん以前の彼に比べたら雲泥の差ですが、いないよりはマシです。鍛えて、なんとか一人前になってもらいます」

「厳しいですね――」

「彼女は兄を出世させて自分は責任から逃れようとしていたが、そうはいかない。自分で担ってもらうことになります。誰しも、己の宿命からは自由にはなれない――」

「…………」

わたしは黙った。すると、

「質問は終わりですか」

とカレイドスコープが言ってきた。わたしがなおも黙っていると、彼は、

「江成兄妹のことを訊いて、さっきはマロゥボーンのことを訊いて、そして……ご自分のことは気にならないのですか」

とさらに訊いてくる。わたしは苦笑して、

「いや……意味ないし」

と言うしかない。どうせわたしが、この統和機構の人たちに対してなにかできることはない。彼らの言いなりに従う以外に選択肢はない。ここで悩んでも仕方がない。何か言われたら、それから対応を考えればいい。

「ずいぶんとあきらめがいいんですね。今、あなたはかなり追い込まれている。人生の選択肢が奪われかねない局面だと思いますが」

「まあ、そうかもね——でも」

あんまりここでわたしが足掻くと、色々と他の人にも影響が及ぶ可能性の方が大きい。でもこれをこの人に言っても仕方がない。まさにやぶ蛇になる。

「なるようになるでしょ。わたしは、その辺おめでたいのかもね」

なんだか藤花みたいなことを、気づいたら言っていた。彼女だったらきっと、こういう局面でも平気な顔をしているんだろう、そう思うと、なぜかわたしにも、そういうことができるような気がしてくるのだった。

「——————」

カレイドスコープはボートの操舵桿《そうだかん》を動かしながら、わたしの方を振り向いた。そして、

「なんとなくですが……過去に本物のパニックキュートが言っていた〝美しい〟というのがどういう感覚なのか、わかったと思います」

「え？」

「そう……彼がいつも言っていた〝あらゆるものを支配しながら、同時にそれを受け入れる感覚〟――そこに美しさがある、と。私の目の前に、今――それがある」

なんか喋っているけど、わたしはそれよりも、

「あの……前を向いて運転した方がいいと思うけど……」

ということが気になってしょうがない。すると彼は、

「私に、どうこうできる問題ではない。これに関しては、いずれ世界の運命に、その糸を見通す者に判断をゆだねるしかない。だから今は――あなたとは、ここまで、です」

と言った。

え、とわたしが眉をひそめたところで、船室からポリモーグが戻ってきて、

「あー、やっぱやるんすね」

と言った。なんのこと――とわたしが思うよりも少しだけ早く、カレイドスコープはうなずいて、すると次の瞬間に、眼の奥の方でぱちぱちっ、という光がまたたいて、そして……

*

……がっくり、とポリモーグの腕の中で、末真和子は気を失って脱力した。合成人間の手が、彼女の頭部を上から摑んでいた。その指先から、ばちばちっ、という電気スパークが滲《し》み出し

ている。

そう、彼女はかつてこの地域の監視役だったスプーキーEの後任……その能力も、死んだ彼に似た電撃による各種の特殊操作であり、その中でも特に巧みなのが――

「――消したか」

「ええ。ここ二時間ほどの記憶は、綺麗さっぱり。博士はもともと頭がよくて、記憶を関連性で構築しているだろうから、消え方も丸ごとって感じになると思うよ」

「そうか――それでいい」

「でも残念。私、かなり博士のこと気に入ってたのに。仲間になってくれたら、絶対に楽しくやる自信があったんだけどなー」

ぼやくポリモーグに、カレイドスコープは静かに、

「いや――どうせ我々では、彼女の〝仲間〟などにはなれないだろう」

と言った。ん、とポリモーグは顔をしかめて、

「それってどういう意味？　仲間じゃなかったらなんなの？　……あれ？　もしかして、それって――」

彼女は腕の中で、安らかな顔をして昏睡《こんすい》している少女のことを見た。それからうなずいて、

「……でも、友達にはなってくれるかもね。それを期待しとくか」

と呟いた。

6.

……誰かが、わたしの名前を呼ぶ声がする。

〝……ま、……えま、……すえま……末真、末真ってば——〟

そして、身体を揺さぶられる感覚がして、

「——起きなさい！」

「あ——」

耳元で叫ばれて、わたしはぱちっ、と眼を開けた。

そこは予備校の自習室だった。わたしはノートを広げたまま、机に突っ伏して居眠りしていた……らしい。

「もう、何寝てんのよ。こんなとこで寝てたら身体痛くなるよ？」

そして、起こしてくれたのは藤花だ。

「……あれ？」

なんか……変な気がする。なにかがズレているような……。

「え、えーと……とうか、あんた確か、今日は補習で、遅れるって——」

「いや、だから今来たんでしょ。ていうかどうしたのよ、講義に出ないで自習してたの？　何度も連絡したのに、一回も返事ないし」

「え――」

わたしは眼をぱちぱちとさせる。

「――なんでわたし、ここにいるの？」

「はあ？　寝ぼけてんの？」

「いや――そうじゃなくて……」

確かに学校から出て、予備校に向かった……そこまでは確かだ。でもその先のことが、妙にぼんやりとしていて、思い出せない。誰かと会っていたような気がするのだが……誰だったのか、印象が何もない。

「……迷ってたのかな、わたし」

「え？　何を？　今さら進路？　受験校変えるの？」

「ああ、だからそうじゃなくて……」

と、わたしたちがよくわからない言い合いをしていると、後ろから、

「末真さん、宮下さん」

と声を掛けられた。振り向くと、そこに立っていたのは――

「あっ、須賀聖良子！」

藤花がいきなり、フルネームで相手のことを呼んだ。かなり失礼だったが、聖良子は笑いな

がら、

「この前は悪かったわ――あらためて、お詫《わ》びしたいのだけど」

「いや、あの――」

「この前の騒ぎだけど――後でわかったんだけど、あれって泰征をおどかすためのドッキリだったんですって。私も知らなかったんだけど、それであんなに手の込んだ手品とか、本職の人までを連れてきて、もう馬鹿みたいでしょう？　巻き込んじゃって、本当にごめんなさいね」

「え？」

聖良子の言葉に、わたしは違和感を覚えた。そんなはずはない、と言いそうになって、でもその根拠が、まったく思い当たらない。

「まったくもう、あんたたちはみんな、とにかく失礼なのよね！　馬鹿騒ぎは自分たちだけでやってよね！」

藤花はぷりぷり怒っている。

「だから悪かったって認めているでしょう。もう許してくれないかしら」

「うーん、どうする末真？」

藤花に言われて、わたしは困惑しつつ、

「えーと――その、須賀さん……」

「聖良子って呼んでください」

「じゃあ聖良子さん……あの、あのとき、あなた……確か自分のことを〝ファータル・クレセント〟って呼んでくれ、って言ってたけど……どういう意味だったの、あれ」

「言葉の意味はわかるでしょう？」

「〝肥沃《ひよく》な三日月地帯〟のことでしょ……なんで農耕地域の名称があだ名なの？」

「そう、つまりは〝畑〟――私は自分がそういうものだと自覚しているの。そして畑には、蒔《ま》くための種がいる。そこで豊かに実る作物がいる――末真さん、あなたが私にとっての、そういう〝種〟だと思っているのよ」

なんだかますます、意味不明のことを言われた。どういう反応をすればいいのか、実に困った。でも藤花がすぐに、

「なんで末真があんたのために〝種〟になってあげなきゃならないのよ。実るなら、あんた自身がいくらでも、勝手に豊かに実ってればいいでしょ」

と口を挟んできた。意味がわかっているのかどうか不明だが、なんだか的確な反論をしてくれたような気がする。

「じゃあ、あなたが〝畑〟になる？　末真さんの才能を豊かに実らせることができるかしら？」

聖良子も言い返す。この二人は話が通じているのかいないのか、さっぱりわからないのに言い合いだけは妙にスムースに続く。

「ま、まあまあ二人とも——こんなところで喧嘩《けんか》しないで。ええと、聖良子さん——わたしたち、お互いに受験生だし。お詫《わ》びとかそういうのは、試験が終わってからでもいいんじゃないかな。遊んでる場合じゃないでしょ？」

とりあえず、そう言ってみる。聖良子はにっこりと微笑んで、

「あなたがそう言うなら、そうしましょう。でも、それまで私のことは忘れないでいてね」

「ははは……」

わたしも弱々しく微笑み返す。なんだか変な人に目を付けられちゃったな、と思った。

＊

末真和子は、愛想笑いをして、会釈して、須賀聖良子から離れて、予備校の教室に向かって歩き出した。宮下藤花が続こうとして、そこで、

「できないわよね、死神さん——あなたには、末真和子の手助けは」

と、その耳元で聖良子が囁いた。

「…………」

「あなたはどうする気なの。いざとなったら、自分の手であの偉大なる新帝王を始末する気で、こんな近くにいるのかしら？　だったら私も、あなたの敵ということになるけど——どうな

の」

「…………」

宮下藤花の表情に変化はない。微妙に怒っている顔のまま、動かない。そして彼女は何も言わないままに、聖良子から離れて、友人の後を追いかけて、小走りで去っていった。それを須賀聖良子——統和機構の中でも、決して目立つ方ではなく、しかし微妙に要職に近い位置にいるファータル・クレセントは、うっすらと笑いながら、無言で二人を見送った。

＊

……なんだか妙に疲れていた。今日はただ講義を一つさぼって自習室で居眠りしていただけなのに、わたしは帰り道、ずっと肩が重くて、全身がだるかった。

藤花と別れて、バス停から自宅に戻る途中で、わたしは、

「あーっ……」

と大きく伸びをした。身体のあちこちがぎしぎしと軋《きし》んだ。

そして——ポケットのあたりでなにか固いものが動いた。

「ん？」

わたしはそこに触れてみた。何も入れていなかったはずのそこに、確かに何かが入っている。

手を入れて、取り出してみると——それはサングラスだった。

「…………」

記憶にはない。だけど……わたしの指紋が、レンズにべったりとついている。わたしがポケットに入れたとしか思えない。

「…………」

わたしはそれを目の前にかざして、道路脇のカーブミラーで自分の姿を見てみた。

びっくりするくらいに、似合っていなかった。

Panel
5
― 幻夢の美 ―

『死神が夢の中にまで現れるかどうか、
誰も何も語っていない。
おそらく夢の中で出逢って、
心の何かが殺されてしまったら、
もう二度とそのことを思い出せないからだろう』

――ブギーポップの伝説より

……それが夢の中の話だということは、わたしにはすぐにわかった。

＊

「やあ、こんにちは。末真博士」

少年が話しかけてきた。彼はサングラスをかけていた。似合っていなかった。だからわたしも、

「似合っていないよ、それ」

と言った。すると少年は苦笑して、

「仕方ないね。なにしろ僕は、実際にはかけていなかったから」

と言って、サングラスを外した。優しそうな顔をした少年の、その顔をわたしはもちろん知らなかったが、でも、

「あなたがパニックキュートか」

それはわかっていた。だからこれが夢の中だということは明らかだった。なにしろわたしは、もう彼のことを覚えていないのだから。ふつうの意識下で思い出すはずがない。無意識の中でしか、彼のことを考えることはないのだ。

「うん、今回はすまなかったね。マロゥボーンがすっかり迷惑を掛けてしまって。でも、あれは彼が悪いんじゃないんだ。僕が彼を、中途半端な状態で放り出して、そのまま死んでしまったものだから」

「ブギーポップのことを吹き込んで？」

「ただ、噂話をして面白がろうとしていただけだったんだけどね。あれは冗談だ、という機会のないままに、そこで話が途切れてしまったから、あんなことになってしまった」

「まあねえ、噂話って、楽しいからねえ」

「博士には迷惑を掛けてしまって、ほんとうにごめんなさい。でも、彼のことを許してやってくれませんか」

「彼がしたことを、まるで自分のせいみたいに言うのね」

「オキシジェンにも注意されていたんです。彼に依存しすぎだ、と。僕が頼りすぎると、彼の方も色々とおかしくなってしまう、って。わかってはいたんだけど、僕も寂しくてね。ついマロゥボーンのことを〝お兄ちゃん〟みたいに思ってしまって」

「無理もないと思うけど。だってわかってくれる人が、他に誰もいなかったんでしょ」

「僕らは二人とも孤独だったんだ。それでついつい、ね。でも僕はそれでよかったけど、後に残された彼には、悪いことをしたよ。君にも、ね」

「わたしのことは気にしなくていいよ。それこそ、あなたにはあずかり知らないことだったんだから」

「うん、確かに君のことまでは、さすがに知らなかった。知っていたらマロゥボーンとも色々と事前に話し合えたんだろうけどね。そこも残念だったよ」

「わたしのことを？」

「たぶんカレイドスコープも、オキシジェンも、君のことはもう知っている。僕の情報網がもう少し深ければ、君のことも知っていたんだろうけどね」

「うーん、よくわかんないけど、でも夢の中だから仕方ないよね。きっと追及しても空回りするだけだろうし」

「しょせんは夢だからね」

少年はうなずいて、そして、

「ところで末真博士、君は帝王というものをどういうものだと思っている？」

「え？　それって現実の、歴史上の権力者たちのこと？　それとも——」

「そうだね、抽象的な、よく帝王学とか言われる方の、大勢の者たちを導くために必要な資質といった風の、そういう意味だね」

「うーん、面倒な話ね。でもどうして？」

「いや、君も含めて、世界中のみんながその必要性について今ひとつ理解していないような気がしてね。それは別に、他人を自分の都合のいいように利用するための方法とか、そういうものではないんだ。そんなものは千年以上前にもう終わっている」

「じゃあ、なんなの？」

「それは世界を、その中にある様々な問題を、自分のものとして考えることさ。世界というものが自分とは無関係に回っているものだと思わずに、我がこととして、その中で帝王として何をなすべきか自覚する、そういうやり方のことだよ」

「帝王——君臨しているの？」

「もちろん統治もしているね。そういう前提に立つんだ」

「で、何をしていいのかわかんなくなって、みんな途方に暮れるの？」

「そうだね」

「それぞれの意見がぶつかって、にっちもさっちも行かなくなるような気がするけど」

「まさにそれが、世界がいつも直面せざるを得ない問題だね」

「するとどうなるんだろう。破滅するの？」

「そう簡単に破滅して、それでおしまい、ですむならきっと、誰も苦労しないよね。そう——

帝王の責任というのが究極的にどこにあるかと言えば、それはきっと〝負けを認めるとき〟——降伏を何かに対して宣言するときにこそ、必要なのかも知れないね」

「みんなが帝王になって、そして降伏するの？　なんだか滑稽《こっけい》な気もするけど」

「でも、僕らはみんな、子供から大人になるときに、多かれ少なかれそういうことをしているんだぜ。子供時代に抱え込んだ夢を捨てて、そこで世間の流れに降伏して、それでその先の人生の荒波に乗りだしていくのさ。誰も真に欲しかったものは手に入れることができない——」

「あなたはいつまでも子供の姿で、わたしはまだ受験生だけどね」

「あはは、そうだね——僕は中途半端で終わってしまったけれど、君はどうだろうね。君は何に対して降伏するんだろう。そのときに、世界はどう変わるんだろうね」

「大げさな言い方ね。それって単にわたしが大人になって、やりたかったことをいくつかあきらめて、割り切って人生に向かっていく、って話でしょ」

「そう、僕らは誰しも、自分たちの夢やら願望やら、様々な犠牲の上にしか人生を成り立たせられない。だからその犠牲になったものたちへの敬意を忘れた瞬間、僕らはたちまち醜い存在に堕してしまうのさ。美しくなることを放棄して、ね」

「その、あなたがさんざん言っていた〝美しさ〟ってやつ、正直わたしにはピンとこないんだけど。ずっと何言ってんだろう、としか思えなかったけど、あれって一生懸命あなたの真似《まね》してたマロゥボーンが悪いの？　それとも——」

「ああ、そうだね――いや、わかりにくい僕の方が悪いね、それは」

「でしょうね。なんだかあなた、その件に関しては、他の人たちにわかってもらおうとか、あんまり思っていなかったんじゃないの？」

「なるほどね、耳が痛いね。みんなに偉そうに色々と言っていたけど、それは理解を広めようとしていたんじゃなくて、単に自分は他の連中とは違うんだ、という自意識を守ろうとしていただけなんだ、ってことだよね。煙《けむ》に巻《ま》くようなことを言って、色々とごまかしているだけなんだろう、って」

「いや、そこまで冷静に分析しなくてもいいんじゃないの。そういうのって言い訳じみてて、それこそ〝美しくない〟んじゃないの」

「あはは、いや、それにしても、君の心の中の僕は、ずいぶんと雄弁だね。本物もこんなに色々と思うところをあけすけに言えたのかな」

「直に会えたら、きっと楽しかったでしょうね。夢なのが残念だわ」

「そうだね――なあ末真博士、君は生まれ変わりって信じるかい？」

「うーん、なんとも言えないけど……でも、わたしがあなたの生まれ変わりと出会うのってかなり難しくない？」

「いや、そうじゃない。そういう意味じゃない。たとえば君が本を読んだとする。それを書いた人はもう亡くなっている。でもその人が書いたものは、考えていたことは、君の中で蘇《よみがえ》っているとは言えないか。その人はもういないし、生きていないけれど、でも考えていたことだけは、そこで君の中に生まれ変わっているとは思わないかい？」

「ああ、そうね……そういうのは、あるかもね。うん、わかるよ。それもまた生まれ変わりなのね」

「なあ末真博士——君はもう、覚えていないんだろう？」

「そうね。この夢も、目覚めたらそこでおしまいでしょうね。曖昧になって、すぐに忘れてしまうでしょうね。寂しいけれど」

「だったら、これからまた会えばいい」

「え？」

「きっと会うよ。また出会う。僕の記録は、統和機構に相当残っているはずだ。貴重なサンプルだったからね。君はいつか、それを読む。そこでパニックキュートと末真博士は初めて対面することになるんだよ」

「えーと……よくわかんないけれど」

「僕のことを、今の君は理解しきれなかったと思うけど、未来の君ならどうだろうか。逆に僕の考えを〝いや、ここが甘い〟って、むしろ上から偉そうに切って捨ててくれるかも知れないね。そう……それこそすべてを統治する帝王のようにね」

「未来、か——なんだかぼんやりしてるわ」

「でも、それはいずれ来る。すぐに来る——僕は君とこれから〝はじめまして〟をするのを、その将来を楽しみに待っているよ」

「あのう、それってあの世で、ってこと？　それとも——」

「あはは、そういうことを言うのは野暮さ。それこそ〝美しくない〟よ——じゃあ、また」

＊

……携帯端末の着信音が鳴っている。わたしは眼を開ける。

そこは当然、いつものわたしの部屋、わたしのベッドの中だ。

「……うーん」

わたしは布団の中でもぞもぞと動いて、電話に出る。誰からかかってきたのか、もちろんわかっている。

「……はい」

〝あは、今日は私の方が早かったね、末真〟

藤花の陽気な声がスピーカーから響いてくる。

「声が大きいよ、藤花」

〝その方が早く目が覚めるでしょ。ほら、起きた起きた〟

わたしたちはこうやって、毎朝毎朝、早く起きた方が電話をするという習慣になっている。お互いの朝の勉強をサポートするため、ということになっているが、ただの遊びのような気もしないでもない。

「もう起きてるよ――今日はどうする？」

〝いつもと同じでいいんじゃない、なんかある？〟

「いや別に。じゃ」

〝またねー〟

通話を切っても、まだ頭の中で彼女の声が反響している。わたしは頭を振りながら、布団から身体を起こす。

「…………」

なんだか変な夢を見ていたような気がするけど、今ひとつ思い出せない。夢というのはそういうものだから、あんまり考えても意味はないんだけど、でも少しだけ、わたしはそのままぼんやりとしていた。

ベッドの脇に、昨日ポケットの中から出てきたサングラスが置かれている。誰かのものを勝手に持ってきちゃったのかも知れないので、扱いに困っている。

「…………」

手にとって、カーテン越しに差し込んでくる朝日の光を透かしてみる。黒い陰りの中でも、その陽光は妙にはっきりとした強さで透過してきて、わたしはその眩《まぶ》しさに思わず眼を細めた。

〝The Kingcraft of Panic-Cute〟closed.

あとがき——帝王は空の彼方に

子供の頃の僕はお世辞にも人気者とは言えなかったし、人の間に入って何かできるような積極性もなかったし、もし仮に誰かにおそるおそる声を掛けても、馬鹿にされるか笑われるかという感じで、とてもではないが自分が世界から祝福されているとか、選ばれた特別な立場なのだと思えるはずもなかった。しかし、というか、だからこそ、というか僕の子供時代には謎の充実があった。つまりは物語世界に耽溺して、色々なお話の中に没入していたのである。これはもうかなりのもので、授業中だろうがなんだろうが「よし、考えるぞ」と思いさえすれば、様々なストーリーが頭の中で生々しく反芻されて、ほとんどその中で生きているかのごとくだった。具体的に言うと、昔の僕はいつでも好きなときに鳥肌を立てることができた。かつて感動した物語をあれこれ思い返すだけで、勝手に肉体が反応して、ざわざわと産毛が逆立ち皮膚が粟立つのである。だからよく人が「鳥肌が立ったよ」とか言ってるのを「いや、すぐになるだろ。なに大したことみたいに言ってんの？」とか思っていた。今はできないので、自分が異様だったことを後から知る感じであった。それぐらいに僕は自分の感覚の中に閉じこもっていたとも言えるし、逆にその場所で僕は誰にも邪魔されずに自由で、帝王がごとく振る舞っていた。世界を支配する感覚、というものを僕は知っているとさえ言えるくらいに、なにもかもが自由だった。しかし当然のことながら、その自由を支える妄想の数々は、他の過去の作家たちが築き上げた苦闘の成果なのであって、自分ではなんにもしていないのである。それなのに昔の僕は自信満々で傲慢だった。なにも生み出していないし、なんの責任も負っていないのに、なんであんなにも気持ちの中だけで威張っていたんだろう？

ところで帝王学と呼ばれるものがある。これを僕は前々から「なんか変だな」と思っていた。だって帝王というのは誰にも支配されない強大な力を持っている者ではないのか。なんでそれが、先生から教育を受けなければならないのか、矛盾しているじゃないかと思っていたのである。しかしどうやらこれは僕の勘違いだったらしい。帝王学というのは帝王を生み出すための学問ではなく、単に既存の体制にとって都合のいい管理者を育成するためのノウハウだったのである。なあんだ、という感じである。たまに歴史なんかで誰それに帝王学をたたき込まれて偉くなった、みたいな話があるが、ああいう成功例って大半が〝こうすれば反逆できるぜ〟というそのかしであって、帝王学を学ばせた偉い人は大抵そいつに蹴落とされて地位を乗っ取られるのである。ああいうのは帝王学じゃなくて反乱学というべきものじゃないかと思う。そうやって成り代わったヤツは後になると疑心暗鬼の塊みたいになって部下を殺しまくったりするので、支配者としての器も大きくなってないし、人格形成の役にも立っていないことだけは確実である。やっぱり真の帝王というのは、唯我独尊、誰からも影響を受けない、ぐらいでないといけないのではないか。しかし問題なのは、そんな人間は現実的にあり得ない、ということである。他人から影響を受けないで生きていくことなど絶対に不可能なのだから。

真に帝王になるための学問などというものがあるならば、それはきっと子供の頃の僕が山のように読んでいた物語の中にあった、今となってはなんだかわからないものではないかと思う。それを知って、僕は自分が王様になったような気分になれた。世界の誰からも支持されなくても、それでも自分が帝王だという自負を持つことができたのは、名も知れぬ登場人物の誰かのおかげなのだ。それは世界のなにものも支配しないが、しかし自分の心だけは、そこには確固とした帝国を築き上げることができる、そのための帝王学なのだろう。だから何、であるが、いやもう結論なんか出ないので、これで終わりです。以上。

（いやしかし、それもやっぱり〝そそのかし〟なんじゃないのか？）
（反乱する相手は何でしょうかね。まあいいじゃん）

BGM "You're Beautiful" by James Blunt

◉上遠野浩平著作リスト

「ブギーポップは笑わない」（電撃文庫）
「ブギーポップ・リターンズ　VSイマジネーターPart1」（同）
「ブギーポップ・リターンズ　VSイマジネーターPart2」（同）
「ブギーポップ・イン・ザ・ミラー「パンドラ」」（同）
「ブギーポップ・オーバードライブ　歪曲王」（同）
「夜明けのブギーポップ」（同）
「ブギーポップ・ミッシング　ペパーミントの魔術師」（同）
「ブギーポップ・カウントダウン　エンブリオ浸蝕」（同）
「ブギーポップ・ウィキッド　エンブリオ炎生」（同）
「ブギーポップ・パラドックス　ハートレス・レッド」（同）
「ブギーポップ・アンバランス　ホーリィ&ゴースト」（同）
「ブギーポップ・スタッカート　ジンクス・ショップへようこそ」（同）
「ブギーポップ・バウンディング　ロスト・メビウス」（同）
「ブギーポップ・イントレランス　オルフェの方舟」（同）
「ブギーポップ・クエスチョン　沈黙ピラミッド」（同）
「ブギーポップ・ダークリー　化け猫とめまいのスキャット」（同）
「ブギーポップ・アンノウン　壊れかけのムーンライト」（同）
「ブギーポップ・ウィズイン　さびまみれのバビロン」（同）

「ブギーポップ・チェンジリング　溶暗のデカダント・ブラック」（同）
「ブギーポップ・アンチテーゼ　オルタナティヴ・エゴの乱逆」（同）
「ブギーポップ・ダウトフル　不可抗力のラビット・ラン」（同）
「ブギーポップ・ビューティフル　パニックキュート帝王学」（同）
「ビートのディシプリン　SIDE1」（同）
「ビートのディシプリン　SIDE2」（同）
「ビートのディシプリン　SIDE3」（同）
「ビートのディシプリン　SIDE4」（同）
「冥王と獣のダンス」（同）
「機械仕掛けの蛇奇使い」（同）
「ヴァルプルギスの後悔　Fire1.」（同）
「ヴァルプルギスの後悔　Fire2.」（同）
「ヴァルプルギスの後悔　Fire3.」（同）
「ヴァルプルギスの後悔　Fire4.」（同）
「螺旋のエンペロイダー　Spin1.」（同）
「螺旋のエンペロイダー　Spin2.」（同）
「螺旋のエンペロイダー　Spin3.」（同）
「螺旋のエンペロイダー　Spin4.」（同）

「ぼくらは虚空に夜を視る」（徳間デュアル文庫）
「わたしは虚夢を月に聴く」（同）
「あなたは虚人と星に舞う」（同）
「殺竜事件」（講談社ノベルス）
「紫骸城事件」（同）
「海賊島事件」（同）
「禁涙境事件」（同）
「残酷号事件」（同）
「無傷姫事件」（同）
「彼方に竜がいるならば」（同）
「酸素は鏡に映らない No Oxygen, Not To Be Mirrored」（同）
「私と悪魔の100の問答 Questions & Answers of Me & Devil in 100」（同）
「戦車のような彼女たち Like Toy Soldiers」（同）
「酸素は鏡に映らない」（講談社ミステリーランド）
「しずるさんと偏屈な死者たち」（富士見ミステリー文庫）
「しずるさんと底無し密室たち」（同）
「しずるさんと無言の姫君たち」（同）
「騎士は恋情の血を流す」（富士見書房）

「ソウルドロップの幽体研究」（祥伝社ノン・ノベル）
「メモリアノイズの流転現象　ソウルドロップ奇音録」（同）
「メイズプリズンの迷宮回帰　ソウルドロップ虜囚録」（同）
「トポロシャドゥの喪失証明　ソウルドロップ彷徨録」（同）
「クリプトマスクの擬死工作　ソウルドロップ巡礼録」（同）
「アウトギャップの無限試算　ソウルドロップ幻戯録」（同）
「コギトピノキオの遠隔思考　ソウルドロップ狐影録」（同）
「パンゲアの零兆遊戯」（祥伝社）
「恥知らずのパープルヘイズ　―ジョジョの奇妙な冒険より―」（集英社）
「恥知らずのパープルヘイズ　―ジョジョの奇妙な冒険より―」（JUNP j BOOKS）
「ぼくらは虚空に夜を視る」（星海社文庫）
「わたしは虚夢を月に聴く」（同）
「あなたは虚人と星に舞う」（同）
「しずるさんと偏屈な死者たち」（同）
「しずるさんと底無し密室たち」（同）
「しずるさんと無言の姫君たち」（同）
「しずるさんと気弱な物怪たち」（同）
「騎士は恋情の血を流す　The Cavalier Bleeds For The Blood」（同）

本書に対するご意見、ご感想をお寄せください。

ファンレターあて先
〒102-8177　東京都千代田区富士見2-13-3
電撃文庫編集部
「上遠野浩平先生」係
「緒方剛志先生」係

初出

電撃文庫MAGAZINE Vol.60」(2018年3月号)
(※『Panel1　—偶然の美—』／掲載時タイトル『博士の難儀な強運』)
文庫収録にあたり、加筆、訂正しています。

『Panel2　—錯誤の美—』〜『Panel5　—幻夢の美—』／書き下ろし

電撃文庫

ブギーポップ・ビューティフル

パニックキュート帝王学《ていおうがく》

上遠野浩平《かどのこうへい》

2018年４月10日　初版発行
2024年11月15日　４版発行

発行者　山下直久
発行　株式会社KADOKAWA
〒102-8177　東京都千代田区富士見2-13-3
0570-002-301（ナビダイヤル）
装丁者　荻窪裕司（META＋MANIERA）
印刷　株式会社KADOKAWA
製本　株式会社KADOKAWA

●お問い合わせ
https://www.kadokawa.co.jp/（「お問い合わせ」へお進みください）
※内容によっては、お答えできない場合があります。
※サポートは日本国内のみとさせていただきます。
※ Japanese text only

※定価はカバーに表示してあります。

ISBN978-4-04-893800-6　C0193　Printed in Japan

電撃文庫　https://dengekibunko.jp/

電撃文庫創刊に際して

文庫は、我が国にとどまらず、世界の書籍の流れのなかで〝小さな巨人〟としての地位を築いてきた。古今東西の名著を、廉価で手に入りやすい形で提供してきたからこそ、人は文庫を自分の師として、また青春の想い出として、語りついできたのである。

その源を、文化的にはドイツのレクラム文庫に求めるにせよ、規模の上でイギリスのペンギンブックスに求めるにせよ、いま文庫は知識人の層の多様化に従って、ますますその意義を大きくしていると言ってよい。

文庫出版の意味するものは、激動の現代のみならず将来にわたって、大きくなることはあっても、小さくなることはないだろう。

「電撃文庫」は、そのように多様化した対象に応え、歴史に耐えうる作品を収録するのはもちろん、新しい世紀を迎えるにあたって、既成の枠をこえる新鮮で強烈なアイ・オープナーたりたい。

その特異さ故に、この存在は、かつて文庫がはじめて出版世界に登場したときと、同じ戸惑いを読書人に与えるかもしれない。

しかし、〈Changing Times,Changing Publishing〉時代は変わって、出版も変わる。時を重ねるなかで、精神の糧として、心の一隅を占めるものとして、次なる文化の担い手の若者たちに確かな評価を得られると信じて、ここに「電撃文庫」を出版する。

1993年6月10日
角川歴彦

SWORD ART ONLINE
ソードアート・オンライン
川原 礫
イラスト／abec
「これは、ゲームであっても遊びではない」
《黒の剣士》キリトの活躍を描く
究極のヒロイック・サーガ！
電撃文庫

レプリカだって、恋をする。
Even a replica falls in love
榛名丼
［イラスト］
raemz
16歳、夏。はじめての、青春。
愛川素直という少女の
身代わりとして働く
分身体《レプリカ》、それが私。
本体のために生きるのが
使命……なのに、
恋をしてしまったんだ。
海沿いの街で
巻き起こる
ちょっぴり不思議な
青春ラブストーリー。
応募総数
4,128作品の
頂点
第29回
電撃小説大賞
大賞
受賞作
電撃文庫

七つの魔剣が支配する
宇野朴人
illustration ミユキルリア
運命の魔剣を巡る、
学園ファンタジー開幕！
春――。名門キンバリー魔法学校に、今年も新入生がやってくる。黒いローブを身に纏い、腰に白杖と杖剣を一振りずつ。胸には誇りと使命を秘めて。魔法使いの卵たちを迎えるのは、満開の桜と魔法生物のパレード。喧噪の中、周囲の新入生たちと交誼を結ぶオリバーは、一人に少女に目を留める。腰に日本刀を提げたサムライ少女、ナナオ。二人の、魔剣を巡る物語が、今始まる――。
電撃文庫

ほうかごがかり
ぼくらは命を懸けて、『奴ら』を記録する——。
When the midnight chime rings,
we are captured in a "Houkago".
In there, there is neither a correct answer nor a goal
or a stage clear.
Only our dead bodies are piled up.
【ほうかごがかり】
甲田学人
illustration potg
よる十二時のチャイムが鳴ると、
ぼくらは『ほうかご』に囚われる。
そこには正解もゴールもクリアもなくて。
ただ、ぼくたちの死体が積み上げられている。
鬼才・甲田学人が放つ、恐怖と絶望が支配する
“真夜中のメルヘン”。
電撃文庫

〝行商人〟と〝賢狼〟の旅を描いた
剣も魔法も登場しない、経済ファンタジー。
狼と香辛料
支倉凍砂
イラスト／文倉十
行商人ロレンスが旅の途中に出会ったのは、狼の耳と尻尾を有した
美しい娘ホロだった。彼女は、ロレンスに
生まれ故郷のヨイツへの道案内を頼むのだが——。
電撃文庫

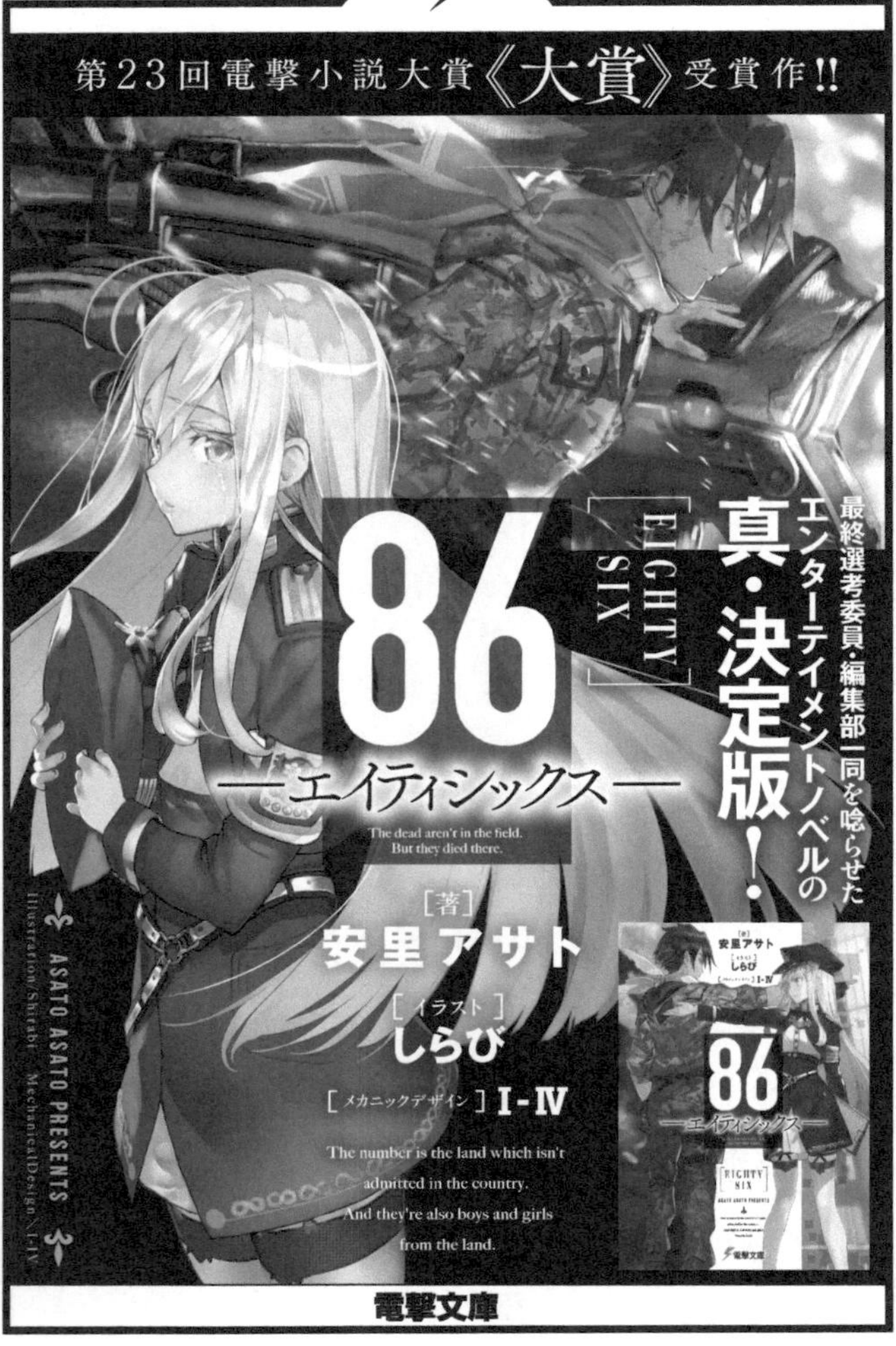
第23回電撃小説大賞《大賞》受賞作!!
最終選考委員・編集部一同を唸らせた
エンターテイメントノベルの
真・決定版!
86
―エイティシックス―
[EIGHTY SIX]
The dead aren't in the field.
But they died there.
[著]
安里アサト
[イラスト]
しらび
[メカニックデザイン] I-IV
The number is the land which isn't
admitted in the country.
And they're also boys and girls
from the land.
ASATO ASATO PRESENTS
Illustration/Shirabi Mechanical Design/I-IV
電撃文庫